Franziska Gehm

Die Vampirschwestern

Bissige Gäste im Anflug

Alle Abenteuer der Vampirschwestern:

Band 1: Eine Freundin zum Anbeißen
Band 2: Ein bissfestes Abenteuer
Band 3: Ein zahnharter Auftrag
Band 4: Herzgeflatter im Duett
Band 5: Ferien mit Biss
Band 6: Bissige Gäste im Anflug
Band 7: Der Meister des Drakung-Fu

Franziska Gehm

Die Vampirschwestern

Bissige Gäste im Anflug

Loewe

www.die-vampirschwestern.de

FSC

Mix

Produktgruppe aus vorbildlich bewirtschafteten Wäldern und anderen kontrollierten Herkünften

Zert.-Nr. SGS-COC-001940
www.fsc.org
©1996 Forest Stewardship Council

ISBN 978-3-7855-6845-3
2. Auflage 2010

Umschlag- und Innenillustration: Dagmar Henze
Umschlaggestaltung: Christian Keller
Redaktion: Annette Moser
Printed in Germany (007)

www.loewe-verlag.de

Inhalt

Zurück in Bindburg

Daka hing kopfüber an der Metallleine, die sie durch das Zimmer gespannt hatte, das sie sich mit ihrer sieben Minuten älteren Zwillingsschwester Silvania teilte. Sie hatte die Hände hinter dem Kopf verschränkt und schaukelte vor und zurück. Die Metallleine quietschte. Daka lutschte genüsslich an einer marinierten Schweineborste. Sie hatte sich vom Blutmarkt in ihrer unterirdischen Heimatstadt Bistrien einen Vorrat dieser köstlichen Knabbereien mitgebracht.

„Das ist echt sushpektoi“, sagte sie. Ein Borstenkrümel fiel ihr dabei aus dem Mund.

Sushpektoi war Vampwanisch und hieß „komisch“ oder „seltsam“.

Silvania saß unter ihrer Schwester im Schneidersitz auf dem Bett. Auf ihrem Schoß lag ein dickes Buch. Silvania starrte auf den Schweineborstenkrümel, der mitten auf der aufgeschlagenen Buchseite gelandet war. „Was ist sushpektoi?“ Dass Schweineborsten nach unten und nicht nach oben flogen, war es jedenfalls nicht. Zumindest nicht für Silvania.

Daka schielte nach unten zu ihrer Schwester. „Dass ich das Gefühl habe, ich bin wieder zu Hause, wenn ich hier so abhänge. Wo wir doch erst vor ein paar Wochen nach Bindburg gezogen sind …“

„... und du damals am liebsten sofort zurück nach Bistrien wolltest."

Silvania und Dakaria Tepes waren vor zwölf Jahren in Bistrien zur Welt gekommen. Sie waren sehr süße Babys gewesen. Mit süßen kleinen Nasen. Mit süßen roten Popos. Und mit süßen spitzen Eckzähnen. Silvania und Dakaria waren Halbvampire. Ihrem Papa, Mihai Tepes, gefielen die süßen spitzen Eckzähne besonders. Er war ein blutechter Vampir. Ihre Mama, Elvira Tepes, mochte die süßen kleinen Nasen mehr. Sie war ein Mensch.

Silvania und Daka Tepes hatten zwölf Jahre in Transsilvanien gelebt. Elvira Tepes 15 Jahre. Und Mihai Tepes 2676 Jahre. Vor ein paar Wochen waren sie alle nach Deutschland gezogen. Elvira Tepes freute sich sehr, endlich wieder in ihrer Heimat zu sein. Mihai Tepes freute sich, dass seine Frau sich freute. Ansonsten, fand er, hatte der Umzug wenig Erfreuliches.

In den Herbstferien war die ganze Familie Tepes samt Helene Steinbrück, der allerbesten und allereinzigsten Freundin der Vampirschwestern, nach Transsilvanien geflogen und hatte ihre Blutsverwandtschaft in Bistrien besucht. Nachdem Mihai es seiner Frau zuliebe schon mehrere Wochen im blutarmen Deutschland ausgehalten hatte, war der Besuch bitternötig gewesen.

Silvania schnipste den Schweineborstenkrümel vom Buch. „Siehst du, unter Menschen ist es gar nicht so fürchterlich, wie du immer dachtest."

Daka steckte sich die nächste marinierte Schweineborste in den Mund. Sie lutschte ein paar Sekunden daran herum. Dann zerknackte sie die Borste. „Ich weiß nicht ..." Ihr Blick fiel auf das Aquarium, in dem Karlheinz gerade an der Scheibe entlangschrubbte. Karlheinz war Dakas liebstes Haustier. Er war ein Blutegel. „Vielleicht liegt es nur an Karlheinz. Wie heißt es so schön: *Rodna oista gdo inima oista*. Die Heimat ist dort, wo das Herz ist."

Silvania sah mit gerunzelter Stirn hoch zu ihrer Schwester. „Und dein Herz ist bei Karlheinz?"

„Besser als in irgendeinem albernen, dicken Buch."

„Meine Bücher sind nicht albern. Darin geht es um Liebe, Sehnsucht, Treue und all solche Sachen."

„Sag ich doch. Albern."

Silvania schüttelte den Kopf. Sie leckte kurz den Zeigefinger an und blätterte die Buchseite um. Allerdings verschwammen die Buchstaben vor ihren Augen wie Straßenschilder im Nebel. Seit dem Besuch in Bistrien war sie durcheinander. Ihr Herz reagierte offenbar sehr empfindlich auf Ortswechsel und Luftveränderungen. Immer, wenn sie sich jetzt die winterhimmelgrauen Augen von ihrem Nachhilfelehrer Jacob Barton vorstellte, verfärbten sie sich nach einer Weile. Sie wurden dunkel und bekamen grasgrüne Striche, die wie Strahlen um eine schwarze Sonne funkelten. Es gab nur einen, der solche Augen hatte: Bogdan Moldovan. Silvanias Schlammkastenfreund aus Bistrien. Und immer, wenn sie sich Jacobs wirre rotblonde Haare vorstellen wollte, legten sie sich nach einem Augenblick zum Mittelscheitel, von dem nur am Hinterkopf ein hellbraunes Büschel abstand. Genau wie bei Bogdan.

Silvania verstand nicht, was das zu bedeuten hatte. Bogdan war ihr Freund aus der Kindheit. Jacob ihre erste große Liebe. Eigentlich war alles klar. Es fühlte sich gerade nur sehr unklar an. Silvania schielte zu Daka und zögerte. Sollte sie ihrer Schwester von ihrem Gefühlsirrgarten erzählen?

Daka streckte gerade die Zunge nach einer Obstfliege aus, die unvorsichtigerweise sehr nah vorbeigeflogen kam.

Silvania sah, wie Daka die Obstfliege auf der Zunge einrollte. Dann schlürfte sie genüsslich. Wahrscheinlich war es besser, dachte Silvania, mit Helene über so eine delikate Angelegenheit zu reden. Helene kannte sich aus. Immerhin hatte sie sich vor ein paar Tagen selbst verliebt. Halsschlagader über Kopf. Die Liebe an sich konnte eine sehr gefährliche Sache sein. Das wusste Silvania aus den 564 Liebesromanen, die sie gelesen hatte. Helenes Liebe aber war besonders gefährlich. Wäre sie ein Gefahrguttransport gewesen, hätte sie die Warnschilder *explosiv*, *ätzend*, *erstickend*, *giftig*, *brandfördernd*, *radioaktiv* und *leicht entzündlich* tragen müssen.

Es war in der *Vampwanischen Nationalfeiernacht* geschehen. Beim Auftritt von *Krypton Krax* (der unterirdisch besten Band der Welt, fanden zumindest Daka und Karlheinz). Helene hatte sich verliebt. Unglücklicherweise in einen Vampir. Noch unglücklichererweise in einen Vampir, der einer besonders aggressiven und blutrünstigen Vampirart angehörte: den Transgiganten. Wo die Liebe eben so hinfliegt …

Der Vampir hieß Murdo Dako-Apusenu und war der Sänger von *Krypton Krax*. In einer Mondnacht im Wald war es beinahe zum Kuss – oder zum Biss – gekommen. Das war bis jetzt noch unklar.

Silvania seufzte. Dann schlug sie das Buch auf einmal mit einem lauten Knall zu. Sie wollte nicht mehr an Küsse, Bisse und andere Sachen denken, die sie nur durcheinanderbrachten.

Daka rutschte beinahe von der Leine. „Schlotz zoppo!“, rief sie und sah erstaunt auf das Buch in Silvanias Hand. „Hast du eine Schmeißfliege zerquetscht?“

„Du denkst immer nur ans Essen.“

„Und du nur an die Liebe.“ Daka rümpfte die Nase. Schmeißfliege oder Liebe – was davon besser war, war ja wohl klar.

„Gumox. Ich denke an morgen“, verkündete Silvania. „Ich finde, wir sollten Ludo zum Wiedersehen eine zensatoi futzi Überraschung bereiten.“

Ludo Schwarzer war der allerbeste und allereinzigste Freund der Vampirschwestern. Erst fanden die Zwillinge ihn sehr sushpektoi. Aber mittlerweile verstanden sie sich boibine. Was wahrscheinlich daran lag, dass Ludo auch nicht ganz normal war. Ludo konnte in die Zukunft sehen (leider immer etwas unscharf) und mit Geistern reden. Das hatte er vermutlich die ganzen Ferien über gemacht, denn er war nicht mit den Mädchen nach Bistrien geflogen.

„Du meinst, weil wir ihn die letzten Tage hier in Bindburg mit seinen Geistern allein gelassen haben?“, fragte Daka von der Zimmerdecke.

„Genau. Eine Überraschung als Entschädigung sozusagen.“

Auf Dakas Gesicht erschien ein Grinsen, so breit wie Karlheinz an der Auqariumscheibe. „Ich habe eine prima Idee. Eine wunderschön schaurig, modrige Idee …“

Hinter rumänischen Gardinen

Zur gleichen Zeit, ungefähr 1500 Kilometer von Bindburg entfernt, war jemandem überhaupt nicht zum Grinsen zumute. Der Mann, der nichts zu grinsen hatte, war Dirk van Kombast.

Dabei lächelte er sonst häufig und ausdauernd und sehr professionell. Wenn Dirk van Kombast nicht gerade in einer rumänischen Gefängniszelle saß wie jetzt, arbeitete er als Pharmavertreter. Ein offenes, herzliches Lächeln gehörte da neben dem gepflegten Äußeren zur Grundausstattung. Das Lächeln war Dirk van Kombast nach drei Tagen Aufenthalt in einer rumänischen Gefängniszelle allerdings gründlich vergangen. Vom gepflegten Äußeren war ebenfalls nicht mehr viel zu sehen. Er war nahezu berufsunfähig.

Dirk van Kombast schritt durch die kleine Zelle. Sie war kaum größer als sein Badezimmer zu Hause in Deutschland in der Reihenhaussiedlung am nördlichen Rand von Bindburg. Nach drei Soldatenschritten hatte Dirk van Kombast die hintere Zellenwand mit dem kleinen quadratischen Fenster erreicht. Er sah kurz durch die Gitterstäbe nach draußen auf den Himmel über Transsilvanien, über den die Abenddämmerung bereits ihren dunkelblauen Vorhang zog. Sehnsüchtig blickte er gen Norden. Gen Heimat. Er seufzte. Mit einem Ruck drehte er sich um und schritt zurück zur gegenüberliegenden Zellenwand mit der stählernen Tür.

Bei jedem Schritt stieß er voller Abscheu ein Wort aus.

„Widerwärtiges."

Schritt.

„Heimtückisches."

Schritt.

„Menschenverachtendes."

Schritt.

„Vampirgesocks."

Drehung.

„Aufstöbern."

Schritt.

„Aufspießen."

Schritt.

„Und auf Knoblauchknollen werde ich euch rösten!"

Dirk van Kombast war wieder am Zellenfenster angelangt. Er umfasste die Gitterstäbe mit den Händen. Sie waren aus Stahl und so dick, dass seine Daumen die Fingerspitzen nicht berührten. Er rüttelte mehrmals kräftig am Gitter. Es bewegte sich keinen Millimeter. Dirk van Kombast stieß mit der Stirn gegen das Gitter, dann ließ er den Kopf hängen. Als er ihn wieder hob und zum Mond sah, waren seine Augen wässrig. Das kam sonst nur vor, wenn eine seiner Kontaktlinsen verrutscht war.

„Mutti!", rief Dirk van Kombast. „Hol mich hier raus!"

Unter normalen Umständen hätte Dirk van Kombast nie nach seiner Mutti gerufen. Er war ein erwachsener Mann. Er hatte einen silbernen Sportwagen, ein Wasserbett und ein Abonnement für eine Gesundheitszeitschrift. Außerdem wusste er, dass seine Mutti ihn nicht hören konnte. Nicht, weil sie alt war und es mit den Ohren hatte, sondern weil sie etliche Kilometer entfernt in Deutschland in einer geschlossenen Anstalt saß.

Nun hatte man also beide, Mutter und Sohn, weggesperrt. Und wer war schuld daran? Dirk van Kombast schlug mit der Faust gegen die Zellenwand. „Vermaledeite Vampire!", rief er. Dann verzog er das Gesicht und schüttelte die Hand aus, als könne er die Schmerzen aus den Fingerspitzen schleudern.

Seine Mutter hatte bereits vor Jahren, als Dirk noch zur Schule ging, ein einschneidendes Vampirerlebnis gehabt. Seit diesem Erlebnis war Irene van Kombast in der normalen, geordneten deutschen Gesellschaft nicht mehr funktionsfähig. Sie wurde auf Raten der Ärzte in eine psychiatrische Klinik eingewiesen. Dort freundete sie sich mit einem Mann an, der behauptete, er käme vom Mars. Mit ihm spielte sie Poker. Ihre andere große Freude war, wenn ihr Sohn sie besuchte.

Dirk van Kombast besuchte seine Mutti sehr oft. Bei jedem Besuch wurde er in seinem Beschluss, den er vor Jahren gefasst hatte, bestärkt: Er würde seine Mutter rächen. Er würde die Vampire – die weltweit besser organisiert waren als jede Mafia, da war sich Dirk van Kombast mittlerweile sicher – entlarven, an den Pranger stellen und vernichten.

Seit Jahren arbeitete er im blutigen Untergrund als Vampirjäger, gut getarnt als solariumgebräunter Pharmavertreter. Vor ein paar Wochen hatte sich bestätigt, was Dirk van Kombast schon immer geahnt hatte: Die Vampire sind mitten unter uns! In das Reihenhaus direkt neben ihn war Familie Tepes aus Transsilvanien eingezogen. Es dauerte nicht lange, bis Dirk van Kombasts Beobachtungen ergaben, dass seine neuen Nachbarn nicht ganz normal waren. Auch den anderen Bewohnern der Reihenhaussiedlung dürfte das nicht entgangen sein. Doch nur Dirk van Kombast wusste, dass er es bei Herrn Tepes mit einem Vampir und bei den Töchtern mit zwei Halbvampiren zu tun hatte.

Ihretwegen war er vor einer Woche nach Rumänien gereist. Ihretwegen hatte er sich mitten in einem undurchdringlichen Wald vor den Toren der unterirdischen Stadt Bistrien auf die Lauer gelegt. Ihretwegen saß er jetzt hinter rumänischen Gardinen aus Stahl.

Das alles war ein einziges transsilvanisches Missverständnis. Er hatte Helene Steinbrück vor einem Biss von einem blutrünstigen Jungvampir der gefährlichsten Sorte bewahrt. Heldenhaft hatte er sich in den Kampf gestürzt und mit seiner *Garlic Gun* dreihundert Knoblauchzehen auf den Vampir abgefeuert. Wie er später erfuhr, hatte selbst diese Ladung nicht ausgereicht, um den Vampir in die ewigen Abgründe zu befördern, sondern ihn nur in ein Koma fallen lassen.

Statt dem Vampir hatte die rumänische Polizei den

Vampirjäger festgenommen. Dirk van Kombast konnte es noch immer nicht fassen. Es war eine verkehrte Welt! Er würde sich beim Innenministerium beschweren. Er wollte eine Entschädigung. Aber zunächst wäre er erst einmal froh, wenn er etwas von Herrn Dr. Gödeke-Schnitzlein hören würde.

Herr Dr. Gödeke-Schnitzlein war Dirk van Kombasts Anwalt. Er war sehr gewissenhaft und konnte knallhart sein. Nur im Moment nicht. Da war er kokosbutterweich. Herr Dr. Gödeke-Schnitzlein erholte sich gerade von all den Paragrafen. Drei Wochen lang. In der Karibik. Mit seiner zweiten Frau. Der Anrufbeantworter in seiner Kanzlei in Bindburg blinkte. Der Hilferuf des Vampirjägers aus Rumänien blieb ungehört.

Dirk van Kombast sah zum Himmel, auf dem bereits die ersten Sterne zu sehen waren. Er fragte sich, ob seine Mutti jetzt in Bindburg auch aus dem Fenster blickte und genau diese Sterne sah. Oder spielte sie mit dem Marsmann Poker? „Ich gebe nicht auf“, flüsterte Dirk van Kombast. „Mein Anwalt holt mich hier raus. Spätestens morgen sitze ich im Flieger zurück nach Deutschland. Ich habe dich nicht vergessen, Mutti.“ Der Vampirjäger holte tief Luft. „Vertrau mir. Du kannst dich auf dein Puschelbärchen verlassen.“

Auf einmal schob sich draußen etwas vor das Fenster, nur wenige Zentimeter vom Vampirjäger entfernt.

Dirk van Kombast blieb ein Schrei im Halse stecken. Er wich zu Tode erschrocken zurück. Die

Hose schlackerte ihm um die Beine, als er im Mondlicht eine gewaltige dunkle Gestalt erkannte. Das Gesicht füllte das gesamte Fenster aus. Die Augen waren feuerrot und schienen von innen zu leuchten. Aber noch etwas war seltsam an dem Gesicht. Sehr seltsam. Erst jetzt bemerkte Dirk van Kombast, dass die Nase und der Mund über den Augen lagen. Im ersten Moment dachte er, das Gesicht wäre grausam entstellt. Dann wurde ihm bewusst, dass es verkehrt herum war.

„Boi noap, Puschelbärchen!“, sagte die Gestalt. Es klang, als käme die Stimme aus einer tiefen schwarzen Höhle voller Würmer und Egel.

„Be … Be … Be … Bitte“, Dirk van Kombast hielt sich mit beiden Händen an der Hosennaht fest. Er hatte die Augen weit aufgerissen. Sein Mund war trocken. „Nennen Sie mich doch einfach D… D… D…Dirk van Kombast.“

„WAS?“ Die Gestalt hielt eine riesige, behaarte Hand an ihr Ohr. „Würg den Kompost? Gumox. Das klingt doch nicht. Puschel ist gut. Und fertig.“

Dirk van Kombast nickte. Wenn die Gestalt vor dem Fenster es wollte, würde er auch eine karierte Gummigurke sein. „Und … äh … mit wem habe ich das Vergnügen?“ Mit Erleichterung fiel Dirk van Kombast ein, dass ihn mehrere dicke Mauern und ein Gitter aus Stahl von der Gestalt trennten. Er entspannte sich etwas. Zum ersten Mal, seit er die Zelle betreten hatte, fühlte er sich darin wohl.

Die Gestalt schnaufte und zwei dunkelblaue Wolken kamen aus den Nasenlöchern, die so groß wie

Zweieuromünzen und so behaart wie ein Gorillarücken waren. Ein unangenehm modriger Geruch breitete sich in der Zelle aus. „Du hast das Verhängnis mit mir, URIO TRANSGOLIATO."

„Aufs Höchste erfreut, Herr Transgoliato." Dirk van Kombast schaffte es trotz des modrigen Geruchs, kurz sein Pharmavertreterlächeln aufzusetzen.

Urio Transgoliato lächelte nicht. Gut möglich, dass dieser Gesichtsausdruck nicht zu seinem Repertoire gehörte.

Trotzdem konnte Dirk van Kombast auf den bläulichen Lippen lange weiße, spitze Eckzähne erkennen. Jedes Mammut wäre vor Neid ausgestorben. An einem Eckzahn lief eine dunkelrote Flüssigkeit herab. Dirk van Kombast war sich sicher, dass kein Zahnfleischbluten die Ursache dafür war. Urio Transgoliatos Haut schimmerte weiß wie Ziegenkäse im Mondlicht. Auf der rechten Wange hatte er eine Narbe. Sie sah aus, als hätte ihm ein Tier drei kräftige Krallen ins Gesicht gebohrt. Die dichten schwarzen Augenbrauen waren zusammengewachsen und bildeten einen strengen Strich. Die langen Haare hingen wie Pechspaghetti nach unten.

Dirk van Kombast hatte keinen Zweifel: Was da kopfüber vor seinem Gefängnisfenster hing, war nichts anderes als ein Vampir. Nicht irgendein Otto-Normal-Vampir. Es war das größte, angsteinflößenste und ausgewachsenste Exemplar, das der Vampirjäger jemals gesehen hatte.

„Was guckst du, Puschel? Keine Angst, ich will

dich nicht aussaugen“, dröhnte Urio Transgoliato. „Na, zumindest jetzt nicht.“

„Das ist ... äh ... sehr freundlich von Ihnen, Herr Transgoliato.“ Dirk van Kombast klammerte sich noch immer mit den Händen an die Hosennaht. Dort, wo er sich festhielt, entstand ein feuchter Fleck.

„Aber etwas werde ich aus dir heraussaugen: dein Wissen!“, sagte Urio Transgoliato mit grollender Stimme.

„Mein Wissen?“ Dirk van Kombast zog die Augenbrauen zusammen. „O-kay. Aber ich sag es Ihnen gleich: In Geschichte bin ich ganz schlecht.“

Urio Transgoliato ließ sich von dieser Neuigkeit nicht abschrecken. „Ich will nur eins wissen: Wo ist sie? Wo ist Helene Steinbrück?“

„Was?“, erwiderte Dirk van Kombast. Es klang wie ein Hicks, so überrascht war er.

„Du kennst sie doch, oder?“

„Ähm ... ja ... nein ... ein wenig ... kaum ... vom Sehen.“ Dirk van Kombast wusste nicht, was die richtige Antwort war. War es gut, wenn er Helene Steinbrück kannte? Oder besiegelte er damit sein Schicksal?

„WO IST SIE?“ Zwei dunkelblaue Wolken stießen aus den Nasenlöchern des Vampirs.

Dirk van Kombast war sich sicher, dass Helene Steinbrück mittlerweile dort war, wo er selbst gerne gewesen wäre: in Deutschland. In Bindburg. Vielleicht war sie sogar gerade in der Reihenhaussiedlung im Lindenweg und besuchte ihre bissigen

Freundinnen. Vielleicht erzählte sie ihnen gerade, wie er von der rumänischen Polizei abgeführt worden war. Sie hatte ihn vor ein paar Tagen im Wald wie einen Vollidioten aussehen lassen. Sie hatte einfach behauptet, es gäbe keine Vampire. Dabei war sie erst ein paar Minuten zuvor Hand in Hand mit einem Vampir durch den Wald spaziert. Helene Steinbrück war ihm in den Rücken gefallen. Obwohl er ihr das Leben gerettet hatte. Dirk van Kombast hatte keine Skrupel, ihr den Verrat heimzuzahlen.

„WO IST SIE?“, rief Urio Transgoliato abermals.

Dirk van Kombast holte tief Luft. Konnte er das tun? Einen Menschen an einen Vampir verraten? Wahrscheinlich würde Urio Transgoliato Helene aussaugen. Was sollte ein Vampir sonst mit einem Menschen tun? Mikado spielen? Und so, wie dieser Herr Transgoliato aussah, war Helene nur ein kleines Appetithäppchen.

Aber konnte ihm nicht egal sein, was dieser Riesenvampir mit Helene anstellte? Sie hatte ihn im Stich gelassen. Sie hatte sich auf die Seite der Vampire gestellt. Sie war eine gefährliche Vampirsympathisantin. Ein Besuch von Urio Transgoliato würde ihr nur recht geschehen. Dirk van Kombast nickte, um sich davon zu überzeugen, dass er das Richtige tat.

„Helene Steinbrück ist …“ Dirk van Kombast hielt inne. Er erinnerte sich auf einmal an einen Agentenroman, den er vor Jahren bei einem Wellnessurlaub in der Schweiz gelesen hatte. Ein Merksatz war dort immer wieder gefallen: *Jede Information hat ihren Preis*. Für den Geheimagenten im Buch war eine Information eine Ware, mit der er handelte. Eine hervorragende Idee, fand Dirk van Kombast. Bei dem Agenten im Roman hatte der Handel sehr gut geklappt. Allerdings hatte er mit Menschen verhandelt. Nicht mit einem Vampir in Übergröße. Trotzdem wollte es Dirk van Kombast versuchen. Er räusperte sich. „Sie ist an einem Ort, zu dem ich Sie gerne persönlich führen würde. Da wäre nur eine Kleinigkeit, Herr Transgoliato, Sie müssten mich vorher hier rausholen."

Urio Transgoliato riss die Augen auf. Die feuerrote Iris schien sich um die Pupille zu drehen. „WAS? Du willst handeln? Mit MIR?"

„Nennen wir es doch einen Austausch im gegenseitigen Interesse." Dirk van Kombast wedelte unauffällig die dunkelblaue Wolke vor seinem Gesicht weg, die ihm aus der Nase des Vampirs zusammen mit einer Portion Empörung entgegengeströmt kam.

„Dass ihr Menschen immer spielen müsst. Kein Wunder, dass aus euch nichts wird", murmelte Urio Transgoliato. „Na gut, Puschel, du hast es nicht anders gewollt."

Alles ging so schnell, dass es Dirk van Kombast wie eine einzige Bewegung vorkam.

Urio Transgoliato umklammerte einen Gitterstab des Fensters mit dem kleinen Finger, zog kurz daran, hatte in der nächsten Sekunde das gesamte Gitter in der Hand, schleuderte es wie einen lästigen Krümel hinter sich, langte mit dem anderen Arm in die Zelle, schnappte sich Dirk van Kombast am Kragen, zog ihn aus der Gefängniszelle, warf ihn sich auf den Rücken wie eine dünne Schlenkerpuppe und erhob sich in den tiefblauen Nachthimmel.

„HILFE – HILFE – HILEEEEE!“, schrie Dirk van Kombast.

„Klappe, Puschel“, bellte Urio Transgoliato nach hinten. „Du wolltest mich doch höchstpersönlich zu Helene Steinbrück führen. Wo liegt jetzt das Problem?“

„Ich ... äh ... bin nur nicht angeschnallt.“ Dirk van Kombast krallte sich an den Schultern des Vampirs fest und starrte nach unten. Das Gefängnis wurde immer kleiner. Bald war es nur noch so groß wie eine Streichholzschachtel. Die Autos sahen aus wie Käfer, ihre Scheinwerfer wie Fühler, die über die Erde tasteten. Die Nachtluft knisterte vor Kälte und Gefahr. Mit jedem Höhenmeter, den sie dem Mond entgegenstiegen, wurde sie immer kühler.

Dirk van Kombast zitterte. Nicht vor Kälte. Vor Angst. Er befand sich mehrere Hundert Meter über der Erde. Lag flach wie eine Kellerassel auf dem Rücken eines Vampirs, der doppelt so breit war wie er und ihn um mindestens zwei Kopflängen überragte. Noch nie war er seinem Feind so nah gewesen. Doch er konnte nichts gegen ihn ausrichten. Er hatte keinerlei Waffen bei sich und hätte zu seiner Verteidigung noch nicht einmal einen Knoblauchrülpser hervorbringen können.

Natürlich – er könnte versuchen, den Vampir mit

den bloßen Händen zu würgen, ihn ins Ohr zu beißen oder ihm sein Knie in die Seite zu rammen. Doch das schien Dirk van Kombast unklug, wenn er an die momentane luftige Lage dachte und sich daran erinnerte, wie Urio Transgoliato mit dem kleinen Finger das stählerne Gitter vom Fenster gerissen hatte.

„Also, was ist? In welche Richtung müssen wir?“, fragte Urio Transgoliato.

Dirk van Kombast schlang die Beine um die Hüften des Vampirs, richtete sich ein wenig auf und zeigte mit ausgestrecktem Arm und Zeigefinger in die Nacht. „Nach Norden!“

Wiedersehen macht Gänsehaut

Ludo Schwarzer saß in einem Sessel aus der Zeit des Biedermeiers. In dem Sessel hatte schon sein Ururopa gesessen. Ludos Fußspitzen berührten gerade so den Boden. Die Sessellehne umgab Ludos Kopf wie ein gigantischer Helm. Manchmal stellte sich Ludo vor, der Sessel wäre eine Kapsel, mit der er durch die Zeit reisen könnte. Er fühlte sich sehr wohl in dem alten Sessel.

„Und dann haben wir Helene noch den Flugparcours gezeigt“, sagte Daka. Sie hing kopfüber an der Gardinenstange im Fenster. Die Gardine hatte sich in ihren schwarzen Haarstacheln verfangen und sah aus wie ein Schleier.

„Und den Blutmarkt“, fügte Silvania hinzu. Sie lag wie eine Diva auf einem Diwan.

„Und das Theatnyk“, meldete sich Helene zu Wort, die auf einem Hocker saß und kippelte.

Ludo hatte die Fingerspitzen aneinandergelegt und nickte. Seit einer Stunde hörte er sich die Geschichten aus Bistrien an, die seine Freundinnen in den Ferien dort erlebt hatten. Er hatte von Oktavians Gruft, von eingelegten Ratten, vom Flug mit Pupsantrieb, von rotzenden Jungfrauen, vom Ha-Chi-Kampf und von Silvanias Saikato-Auftritt gehört. Langweilig war ihm keine Sekunde geworden, höchstens schwindlig.

„Und jetzt sag bloß nicht, du hast das alles vorausgesehen“, sagte Daka.

„Hätte ich das alles gesehen, wäre ich garantiert mitgekommen.“ Ludo sah auf seine Fingernägel und verzog das Gesicht. „Wenn mich meine Eltern gelassen hätten.“

Ludos Eltern waren gerade beim Kunstturmspringwettkampf von Fero. Fero war Ludos Bruder. Er war etwas älter und etwas sportlicher als Ludo. Ludos Eltern wussten nichts von dem vampwanischen Blut, das in den Adern von Ludos neuen Freundinnen floss. Von Ludos übernatürlichen Fähigkeiten wollten sie nichts wissen. Ludos Vater war Physiker. Er konnte alles mit den Naturgesetzen erklären. Sogar die Liebe. Ludos Mutter war Schreinerin. Sie glaubte an handfeste Sachen und an das, was sie sah.

„Dein Opa hätte dich bestimmt mit nach Transsilvanien fliegen lassen“, meinte Helene.

„Der wäre selbst mitgegflogen und gleich dortgeblieben“, sagte Ludo.

Ludos Opa hatte, genau wie Ludo, besondere Fähigkeiten. Er konnte durch Gegenstände sehen und hatte einen ausgeprägten Geruchssinn. So behauptete er zumindest. Nachweisen ließ sich das nur schwer. Immerhin hatte er vor Jahren einmal einen fünf Kilometer entfernten Waldbrand gerochen und bei einer Fleischwarenfachverkäuferin durch die Hose eine Zecke in der Kniekehle gesehen. Die Fleischwarenfachverkäuferin hatte dann allerdings mehr Angst vor Ludos Opa als vor der Zecke.

Mit zunehmendem Alter wurden diese Fähigkeiten leider immer schwächer. Wenn sich Zapko Schwarzer nicht gerade ein Experiment ausdachte, um den Rückgang seiner Fähigkeiten aufzuhalten, ging er seiner neuen Leidenschaft nach: dem Kochen und Backen. Das war auch ein Experiment.

Ludo hatte nur seinem Opa anvertraut, dass Silvania und Daka Halbvampire waren. Wobei Zapko Schwarzer schon etwas in der Art gerochen hatte.

„Wo wäre ich geblieben?", fragte er, als er jetzt mit einem dampfenden Tablett ins Zimmer kam.

„Dort, wo kein Knoblauch wächst", sagte Ludo und schielte mit gerunzelter Stirn auf das Tablett. Darauf lagen mehrere kleine braune, dampfende Häufchen.

Helene, die immer Hunger hatte und fünf Portionen Pommes hintereinander schaffte (mit Majo und Ketchup), reckte den Hals. „Kann man das essen?"

Zapko Schwarzer stellte das Tablett auf den Wohnzimmertisch. „Erdnuss-Muskat-Schwarzfußporling-Kartoffel-Maroni-Bucheckern-Pinien-Hallimasch-Sesam-Haufen."

Daka und Silvania starrten mit offenem Mund auf das Tablett. Helene fuhr sich mit der Zunge über die Lippen. Ludo sah seinen Opa ängstlich an.

„Ob man das essen kann, weiß ich auch nicht. Ein bisschen guten Willen müsst ihr schon aufbringen. Sie sind auf jeden Fall knoblauchfrei. Greift zu", sagte Ludos Opa. „Und lasst euch von mir nicht stören." Er ging zu einem Regal und wühlte in einem Zeitschriftenstapel.

„Datiboi“, sagten Silvania und Daka.

„Manches kann man einfach nicht voraussehen“, murmelte Ludo und starrte auf die dampfenden Haufen.

Helene griff als Einzige nach einem Erdnuss-Muskat-Schwarzfußporling-Kartoffel-Maroni-Bucheckern-Pinien-Hallimasch-Sesam-Haufen. Sie hielt ihn sich vor die Nase und roch daran.

Plötzlich spürte Ludo einen Lufthauch. Zittrig und kalt, als würde ein Schneegestöber an ihm vorbeiziehen. Die feinen Härchen auf seinen Armen stellten sich auf. Ludos Pupillen weiteten sich vor Entsetzen. War er schon wieder da? Der Geist, der ihn seit ein paar Tagen verfolgte? Der sich ihm nie ganz zeigte und ihm den Schlaf raubte? Ludo versuchte, alle Geräusche um sich herum auszublenden und sich auf den geheimnisvollen Singsang zu konzentrieren, den der Geist meistens von sich gab. Doch heute blieb alles ruhig.

„Willst du gar nicht wissen, was es ist?“, riss ihn Daka aus den Gedanken.

„Was ist was? Doch, klar.“ Ludo richtete sich im Sessel auf und sah fragend zu seinen Freundinnen. Er hoffte, dass er nichts Entscheidendes verpasst hatte. Von seiner Tante wusste er, dass Frauen sehr empfindlich reagieren konnten, wenn man ihnen nicht zuhörte.

„Aaaalsooo“, begann Silvania. „Eigentlich sollte es eine Überraschung sein. Aber dann ist uns eingefallen, dass du ja sowieso voraussehen wirst, was es ist. Deswegen sagen wir es dir gleich.“

Helene hatte vom Erdnuss-Muskat-Schwarzfußporling-Kartoffel-Maroni-Bucheckern-Pinien-Hallimasch-Sesam-Haufen abgebissen und schluckte kräftig. Dann sagte sie: „Wir machen eine Nachtwanderung. Und zwar richtig schaurig-schön und unheimlich gruselig. Nichts für Memmen eben.“

„Mit Mitternachtspicknick“, fügte Daka hinzu.

„Aber nicht auf irgendeiner Terrasse“, sagte Silvania.

Daka und Helene schüttelten verschwörerisch den Kopf.

„Und auch nicht auf dem Friedhof.“

Abermals schüttelten Daka und Helene den Kopf.

„Sondern ...“

Ludo kniff die Augen zusammen, er blähte die Backen auf, dann ließ er langsam die Luft heraus. „Ich sehe es“, schnaufte er. „Ein Mitternachtspicknick auf dem Gipfel des Knochenhügels.“

„GENAU!“, riefen Silvania, Helene und Daka.

„Ihr wollt auf den Knochenhügel?“, kam auf einmal die knorrige Stimme von Ludos Opa. „Um Mitternacht?“ Langsam ließ er seinen durchdringenden Blick über jeden einzelnen Gast im Wohnzimmer schweifen. „Das würde ich mir an eurer Stelle noch einmal gut überlegen.“

Daka hörte auf, an der Gardinenstange hin- und herzuschwingen.

Helene, die gerade wieder von ihrem Erdnuss-Muskat-Schwarzfußporling-Kartoffel-Maroni-Bucheckern-Pinien-Hallimasch-Sesam-Haufen abgebissen hatte, hielt im Kauen inne.

Silvania richtete sich auf dem Diwan auf. „Aber wieso? Riechen Sie etwas?"

„Dazu brauche ich meine Nase nicht." Zapko Schwarzer starrte aus dem Wohnzimmerfenster. In einer Fensterecke war ein Spinnennetz gespannt. Eine Fliege hatte sich darin verfangen und zappelte. „Wisst ihr denn nicht, woher der Knochenhügel seinen Namen hat?"

„Weil er aussieht wie ein Totenkopf?", fragte Daka.

„Oder weil der abgestorbene Baum auf dem Gipfel wie eine Knochenhand aussieht?", schlug Silvania vor.

Helene, die noch immer den Bissen im Mund hatte, brummte etwas Unverständliches.

Zapko Schwarzer betrachtete noch einen Moment die Fliege. Als sie sich nicht mehr bewegte, wandte er sich zu den Kindern. „Man erzählt sich, dass dieser Hügel an den nördlichen Ausläufern der Stadt einst Schauplatz eines grausamen Ereignisses war. Vor ungefähr vierhundert Jahren gab es den Hügel noch nicht. Dort, wo er sich heute erhebt, befand sich eine weite Ebene. Sie diente im Dreißigjährigen Krieg als Schlachtfeld. Es war ein grausamer Krieg, voller Hungersnöte, Seuchen und Gräuel. Unzählige Menschen ließen ihr Leben. Soldaten, Frauen, Kinder. Dieses Schlachtfeld muss ein furchtbarer Anblick gewesen sein. Nichts als Zerstörung, Leid und Elend. Einer jahrhundertealten Sage nach trugen die wenigen Überlebenden der Gegend die Leichen auf einen Haufen zusammen, der schnell zu einem Hügel anwuchs. Sie bedeckten die Toten mit Erde und pflanzten einen Baum auf den Gipfel. Dieser Hügel, so die Sage, sollte den Lebenden als Mahnung gelten. Im Volksmund wurde er Knochenhügel genannt. Der Name hat sich bis heute gehalten. Nur die Sage ist in Vergessenheit geraten."

Als Zapko Schwarzer geendet hatte, sah er reglos vor sich hin.

Im Wohnzimmer war es mucksmäuschenstill.

Silvania biss sich auf die Unterlippe.

Helene, die noch immer den Mund voller Erdnuss-Muskat-Schwarzfußporling-Kartoffel-Maroni-Bucheckern-Pinien-Hallimasch-Sesam-Haufen hatte, bewegte nur die Pupillen hin und her.

Ludo kämpfte gegen die nächste Gänsehaut an.

Daka war so in der Erzählung von Ludos Opa versunken, dass sie gar nicht merkte, wie sie langsam von der Gardinenstange rutschte. Sie landete mit einem lauten Schrei samt Gardine in einer Palme, die vor dem Fenster stand. Sofort kam wieder Leben ins Wohnzimmer.

Ludo sprang auf und half Daka aus der Palme.

Silvania flopste sich zu ihrer Schwester und befreite sie aus der Gardine. Zur Sicherheit spuckte sie ihr dreimal auf den Ellbogen, mit dem sie in der Blumenerde gelandet war. Das half gegen Schmerzen. Es war zwar nicht wissenschaftlich bewiesen, aber jeder Vampir in Transsilvanien war davon überzeugt.

Helene hatte mittlerweile ihren Kekshaufen heruntergeschluckt. „Aber das ist doch nur eine Sage.

Und selbst wenn sie stimmt, umso besser. Ein Hügel aus uralten echten Knochen – einen besseren Platz für ein Mitternachtspicknick gibt es doch gar nicht."

Über Zapko Schwarzers hellblaue Augen huschte ein Schatten. „Ihr solltet die Mahnung der Überlebenden von damals nicht zu leicht nehmen. Dies war ein Ort des Grauens. Und er wird es für immer bleiben."

Ludo drehte sich zu seinem Großvater um und musterte ihn eindringlich. Er wusste in dem Moment, dass er recht hatte.

Fallobst aus Transsilvanien

Seine blonden Locken waren feucht, verklebt und vom Flugwind nach hinten geweht. Seine Hände waren rot und eiskalt. Dirk van Kombast hatte Angst, die Finger könnten abbrechen, wenn er sie bewegte. An seiner Nase hing ein vereister Tropfen. Doch der Vampirjäger wagte es nicht, die Schultern von Urio Transgoliato auch nur eine Sekunde loszulassen, um den Tropfen wegzuwischen. Nicht, solange die Straßen unter ihnen wie winzige Regenwürmer aussahen. Seine Zähne klapperten. Seine Nasenflügel bebten. Vor allem, wenn Urio Transgoliato eine dunkelblaue Wolke ausstieß.

Dirk van Kombast stiegen vor Freude die Tränen in die Augen, als er nach ungefähr 1500 Flugkilometern von Weitem die Lichter von Bindburg erkannte. Die Großstadt breitete sich am Rand eines kleinen Gebirgszugs aus. In der kohlrabenschwarzen Nacht glänzte sie wie ein goldener Teppich. Noch nie war Dirk van Kombast die Stadt, in der er wohnte, so schön vorgekommen. Die Lichter funkelten verheißungsvoll, wie Kerzen am Weihnachtsbaum. Sie kündeten von Leben und Menschen. Normalen Menschen. Menschen, die tagsüber arbeiteten und nachts schliefen. Die zweimal am Tag Zähne putzten, zweimal die Woche einkauften und zweimal im Jahr zum Zahnarzt gingen. Menschen, die nichts von den blutrünstigen Wesen in ihrer unmittelbaren Nähe wussten. Die ernsthaft glaubten, Vampire gäbe es nur in Büchern, Filmen und Kinderköpfen. Manchmal wünschte sich Dirk van Kombast, er wäre einer von ihnen. Er könnte arglos durchs Leben taumeln. Statt sich nachts an schauerlichen Orten auf die Lauer zu legen oder im Verborgenen an Knoblauch-Spezialwaffen zu basteln, könnte er einen Töpferkurs machen. Oder einen Steingarten anlegen. Oder die Verkäuferin mit den rotblonden Haaren und den olivengrünen Katzenaugen von Kasse vier im Bio-Supermarkt auf einen Mango-Lassi einladen.

All das könnte Dirk van Kombast tun – müsste er nicht seine Mutti rächen und die Menschheit vor einer Unterwanderung durch die Vampire bewahren. Dirk van Kombast war ein pflichtbewusster und zielstrebiger Mann. Er ließ niemanden im Stich und gab niemals auf. Selbst, wenn er sich auf dem Rücken des Feindes in sieben Kilometer Flughöhe befand und weit und breit keine Knoblauchzehe in Sicht war.

„Dort ist es“, sagte Dirk van Kombast und zeigte auf die Lichter der Stadt. „Bindburg. Dort wohnt Helene Steinbrück.“

Urio Transgoliato stieß anstelle einer Antwort eine dunkelblaue Wolke aus und ging langsam in den Sinkflug über.

Dirk van Kombast klammerte sich mit den Armen um den Hals des Vampirs und mit den Beinen um seine Hüften. Er sah, wie die Lichter der Großstadt immer näher kamen und sich in einzelne Gebäude verwandelten, wie aus Regenwürmern Straßen wurden und aus Käfern Autos. Er erkannte die fünf großen Türme des Rathauses, sogar die Ritterstatue auf dem höchsten Turm. Würde er nicht gerade auf dem Rücken eines gigantischen, blutrünstigen Wesens sitzen, hätte er gerne einen Stadtrundflug gemacht.

„Wohin jetzt, Puschel?“, dröhnte der gewaltige Vampir.

Dirk van Kombast spürte jede einzelne Silbe auf dem Rücken wie ein Erdbeben. Sein Herz galoppierte vor Schreck. „Dort entlang“, erwiderte er mit klappernden Zähnen. „Zum nördlichen Rand der Stadt.“ Er leitete Urio Transgoliato zur Reihenhaussiedlung und in den Lindenweg. Hätte ihm vor einer Woche jemand gesagt, dass er auf dem Rücken eines ausgewachsenen Vampirs aus Transsilvanien nach Hause kehren würde, hätte er der Person lächelnd auf die Schulter geklopft und ihr geraten, es mal mit mehr Obst zu versuchen.

Noch war er nicht zu Hause. Sie flogen gerade geräuschlos über die Dächer des Lindenwegs hinweg. In den meisten Häusern brannte kein Licht oder die Rollläden waren heruntergelassen. Ein gescheckter Hund trippelte über die verlassene Straße. Er hob den Kopf und sah zum Himmel. Als Urio Transgoliato sich mit ausgebreiteten Armen und bestialischem Grinsen vor den Mond schob, zog der Hund den Schwanz ein, duckte sich und rannte schnell zu einem Auto, unter dem er verschwand. Es war ein silberner Sportwagen. Er stand vor dem Reihenhaus Nummer 21.

„Hier“, sagte Dirk van Kombast und zeigte auf das Reihenhaus.

Urio Transgoliato flog über dem Haus eine Runde. „Da wohnt sie?“

Dirk van Kombast schluckte einen Angstknödel herunter, der ihm im Hals steckte, seit sie die Lichter der Großstadt gesehen hatten. Erst da war ihm klar geworden, dass es ein kleines Problem gab. Für den übergroßen Vampir war es aber womöglich ein übergroßes Problem. Dirk van Kombast wusste nicht, wo Helene Steinbrück wohnte. „Äh ... nein. Da wohne ich.“

Kaum hatte Dirk van Kombast das gesagt, war er in eine tiefdunkelblaue Wolke eingehüllt. Der Vampirjäger hatte das Gefühl, als hätte jemand eine Tüte mit fünf Wochen altem Biomüll über seinen Kopf gestülpt. Er hustete. Er würgte. Er flehte den Vampir an: „Aber gleich nebenan, im Haus Nummer 23, da ist sie manchmal. Also, sehr oft. Genau genommen fast jeden Tag. Was sage ich, ständig. Helene Steinbrück ist so gut wie eingezogen bei den Tepes.“

„FUMPFS! WO WOHNT SIE?“ Urio Transgoliatos Stimme donnerte so laut, dass die Rollläden wackelten und im Vorgarten von Frau Zicklein im Reihenhaus Nummer 18 eine Topfpflanze umfiel. „Und KEINE SPIELCHEN, Puschel!“

Auf Dirk van Kombasts Ohren stellten sich feine Härchen auf, von deren Existenz er bis dahin noch gar nichts gewusst hatte. „Ich ... ich ... ich weiß es nicht."

Urio Transgoliato stieß einen durchdringenden, gellenden Schrei aus. Es klang, als würden zwanzig Vampire mit ihren achtzig Eckzähnen an einer Schultafel entlangschaben. Frau Zicklein, die durch die nächtlichen Geräusche alarmiert worden war, schloss das Fenster gleich wieder, als sie den Schrei hörte.

„Bitte, Herr Transgoliato, beruhigen Sie sich. Ich bin sicher, Sie werden Helene Steinbrück bald im Lindenweg Nummer 23 antreffen." Dirk van Kombasts Stimme klang wie die eines neunjährigen Chorknaben. „Wenn Sie jetzt die unwahrscheinliche Güte besäßen, mich freundlichst und sanft auf der Erde abzusetzen. Es war ein wunderbares Flugerlebnis, wirklich, ganz ausgezeichnet, aber auch der schönste Flug ist einmal irgendwann zu Ende. Sie sind sicher ganz erschöpft und wollen vielleicht eine Kleinigkeit essen ... äh, nein, ich meinte natürlich, sich ausruhen nach dem langen Flug, die Arme ausschütteln und ..."

Weiter kam Dirk van Kombast nicht. Urio Transgoliato flog mit einem Satz über das Dach des Reihenhauses und legte über dem kleinen Hintergarten des Vampirjägers eine Vollbremsung hin. Dann blieb der Vampir kopfüber in der Luft stehen.

Dirk van Kombast nicht. Durch die Vollbremsung wurde er nach vorne geschleudert, hielt sich eine Sekunde am Mantelkragen des Vampirs fest, dann eine Sekunde an einem kräftigen Nasenhaar, dann ...

… fiel er …

… im Steilflug …

… direkt …

… nach …

… unten.

„Keiner treibt ungeschoren Spielchen mit URIO TRANSGOLIATO! Krötz jobju suchoi murja!“, hörte Dirk van Kombast noch im Fallen.

KNACK.

WOMMS.

RUMMS.

Für ein paar Sekunden wurde es so finster, wie es in keiner Nacht sein kann. Dann flimmerte etwas vor Dirk van Kombasts Augen. Erst meinte der Vampirjäger, Sterne zu sehen. Dann erkannte er, dass es Äpfel waren. Reife, verfaulte, verbeulte Äpfel. Überall um ihn herum. Sah so der Himmel aus?

Auf einmal knackte etwas. Im ersten Moment dachte der Vampirjäger, es wären seine Knochen. Dann erkannte er, dass er auf einem Ast saß. Da war es allerdings schon zu spät. Dirk van Kombast krachte nach unten. Samt Ast und ein paar verfaulten Äpfeln.

Er schrie zehn Sekunden lang. Vor Angst. Und vor Schmerz. Erst spürte er ihn am Ellbogen, dann am Rücken und schließlich im Bein.

Er schrie noch mal zehn Sekunden.

Auf einmal bemerkte er, dass am Zaun zum Nachbargarten jemand stand. Es war weder ein Gartenzwerg noch ein Riesenvampir. Es war Frau Zicklein. Sie trug ein rotes, knielanges Nachthemd und hatte die rosafarbene Schlafmaske, auf der in Schnörkelschrift *Sleeping Beauty* stand, in die Haare geschoben.

Wenn Frau Zicklein nicht gerade nachts im Nachthemd am Gartenzaun stand, war sie alleinerziehende Mutter und Filialleiterin und hatte viel um die Ohren. Sie sah ihren Nachbarn von Reihenhaus Nummer 21 nicht oft. Aber so hatte sie ihn noch nie gesehen. Der sonst so charmante, gut gebräunte Mann saß reichlich blass und verdattert unter einem Apfelbaum. In seinem Pullover steckten kleine Zweige mit Blättern. Um ihn herum und auf seinem Schoß lag Fallobst. Ein verfaulter Apfel war auf seinem Kopf in zwei Hälften zersprungen.

Dirk van Kombast versuchte zu lächeln. „Herrliche Nacht, nicht wahr?“, brachte er unter Schmerzen hervor.

Frau Zicklein sah ihn ausdruckslos an. Dann nickte sie langsam. Vielleicht hatte der Pharmavertreter im Selbstversuch neue Pharmaka ausprobiert, deren Wirkung äußerst umstritten war.

Dirk van Kombast versuchte aufzustehen. Er hatte das Gefühl, jemand würde ihm mit einem Schwert von der Fußsohle bis zum Knie durch die Knochen fahren. Er schrie abermals auf und fiel zu Boden. Beziehungsweise auf das Fallobst.

Frau Zicklein war bereits über den Zaun geklettert und rannte auf den vor Schmerzen schreienden Nachbarn zu. „Warten Sie, ich helfe Ihnen.“ Sie kniete sich neben ihn und tastete das Bein ab.

Dirk van Kombast jaulte auf.

„Gebrochen. Ganz sicher. Ich rufe einen Krankenwagen. Brav sein und nicht vom Fleck rühren, verstanden?“, sagte sie und verschwand über den Zaun ins Nachbarhaus.

Selbst wenn Dirk van Kombast gewollt hätte, hätte er sich nicht vom Fleck rühren können. In seinem rechten Bein hämmerte der Schmerz. In seinem Kopf irrten die Gedanken hin und her, kreuz und quer, wie Billardkugeln nach dem Anstoß.

Ihm war die Flucht aus dem transsilvanischen Gefängnis gelungen. Er war wieder zu Hause. Wie der Agent in seinem Buch hatte er seine Informationen gut ausgespielt. Nein. Er war noch viel größer als der Agent im Buch: Er hatte mit Informationen gehandelt, die er gar nicht besaß. Er wusste nicht, wo Helene Steinbrück wohnte. Trotzdem hatte ihn der Riesenvampir nach Hause geflogen.

Gerne hätte Dirk van Kombast Frau Zicklein davon berichtet. Dieser Flug war ein sensationelles Abenteuer gewesen. Nur die Landung war nicht ganz so sensationell. Dennoch schrie die ganze Geschichte nach einem Publikum. Aber nach den Erlebnissen mit der rumänischen Polizei war er schlauer. Er durfte seine Deckung nicht wieder so schnell aufgeben. Sonst würde er nicht als Held in den Geschichtsbüchern, sondern als armer Irrer in der geschlossenen Anstalt landen. Genau wie seine Mutter. Ereilte ihn dieses Schicksal, würde womöglich die gesamte Menschheit eines Tages vor die Vampire gehen.

Unter Schmerzen hob Dirk van Kombast den Kopf

und sah durch die Äste des Apfelbaums zum Himmel. Was wollte Urio Transgoliato von Helene Steinbrück? Wieso gerade sie, die beste und einzige Freundin der Vampirschwestern? Hatte es etwas mit Familie Tepes zu tun? Betrieben die Vampire untereinander so etwas wie Frischbluthandel? Vielleicht, überlegte der Vampirjäger, hatte Helene eine besonders schmackhafte Blutgruppe. Vielleicht hatte sie aber auch nur etwas bei ihrem Besuch in Transsilvanien vergessen und Herr Transgoliato brachte es ihr.

Es gab zu viele Vielleichts und zu viele Fragen. Wie so oft im Leben eines Vampirjägers hieß es abwarten, beobachten, erst dann eingreifen. Dirk van Kombast seufzte. Der Himmel über der Reihenhaussiedlung war tiefblau und vampirleer. Auch er gab keine Antworten.

Eine gefährliche Botschaft

Ludo riss sich den Kissenbezug vom Kopf. Er hatte sich ihn in der Nacht übergestülpt, um den Geistern und seltsamen Träumen zu entkommen. Vergebens. Wie giftiges Gas waren sie durch den Stoff in seinen Kopf gedrungen, hatten ihn benebelt, erschaudern lassen und ihm den Schlaf geraubt.

Ludo richtete sich im Bett auf und wischte sich mit dem zerknüllten Kopfkissenbezug den Schweiß von der Stirn. Seine halblangen dunklen Haare sahen aus wie ein Handfeger, der in einen Ventilator geraten war. Selbst jetzt, wo die Sonnenstrahlen bereits durch das Fenster auf seine Zehenspitzen fielen, konnte er die Schreckensbilder der Nacht nicht abschütteln.

Zuerst, es muss gegen Mitternacht gewesen sein, war wieder der geheimnisvolle Geist aufgetaucht. Wie schon die letzten Male hatte er sich Ludo nicht gezeigt. Aber Ludo hatte ihn deutlich gespürt: Erst war er langsam ans Bett herangeschwebt, dann wie ein feiner Nebel über die Bettdecke gekrochen. Schließlich war Ludo ein kalter Hauch über die Wangen gefahren und hatte sich wie ein Schal aus Polarluft um seinen Hals gelegt. Ludo wäre am liebsten in der Matratze versunken. Er lag da, als würde sein Körper in einem Ganzkörpergips samt Halskrause stecken.

Er spürte, dass der Geist ihm etwas sagen wollte. Doch Ludo hatte Probleme, den Geist zu verstehen. Er hatte schon mit vielen Geistern gesprochen. Manche brummten, andere nuschelten und wieder andere sangen (sehr eigenwillig). Ein Geist konnte nur Altgriechisch. Aber kein Geist war so schlecht zu verstehen wie dieser. Wenn er überhaupt etwas von sich gab, dann ein leises Surren. Wie eine Hornisse in der Ferne. Das Surren war hektisch, drängend und scharf. Es kroch Ludo in die Ohren und unter die Haut. Doch was immer der Geist Ludo sagen wollte, er verstand es nicht. Nur eins spürte er: Es war eine gefährliche Botschaft. Eine Warnung. Eine Drohung. Oder ein Hilferuf.

Irgendwann in der Nacht hatte das Surren nachgelassen und der unsichtbare, frostige Schal um Ludos Hals hatte sich aufgelöst. Erschöpft vom Besuch des Geistes war Ludo in einen Schlaf gefallen, so tief wie der Ozean. Doch schon bald tauchten Bilder in seinem Schlaf auf, störten die dunkle Stille wie Unterwasserscheinwerfer eines U-Bootes.

Zunächst sah er einen Hügel. Er hob sich schwarz vom Himmel ab, der von einem Blitz erleuchtet wurde. Auf dem Hügel stand ein Baumskelett. Nachdem der Blitz erloschen war, versank alles in Dunkelheit. Als der nächste Blitz zuckte, sah Ludo gigantische Tierkrallen, direkt über sich, und vor Angst weit aufgerissene Augen. Er kannte die Augen. Oder bildete er sich das nur ein? Der Blitz ging auf der Erde nieder, jemand schrie markerschütternd, dann wurde alles von Dunkelheit eingehüllt.

Diese Szene träumte Ludo immer und immer und immer wieder. So sehr er sich auch wälzte, sooft er das Licht anknipste, selbst nachdem er kurz aufgestanden war, fünf Kniebeugen gemacht und sich mit dem Kissenbezug über dem Kopf wieder ins Bett gelegt hatte – sobald er in den Schlaf sank, tauchten die Bilder vom Hügel wieder auf.

Der Traum machte Ludo solche Angst, dass er beinahe zu seinen Eltern ins Bett gekrochen wäre. Aber sein Vater hätte dann wieder alles ganz genau wissen wollen – warum Ludo solche Angst hatte, was genau er wie oft und wie lange und in welcher Schlafphase geträumt hatte –, und dann hätte er Ludo einen Vortrag darüber gehalten, dass Träume ganz einfach aus zufälligen Erregungsmustern entstehen, die Neuronen im oberen Hirnstamm produzieren. Nichts, wovor man Angst haben musste.

Ludo stieß die Bettdecke mit den Füßen weg und stand auf. Nein, es war besser, wenn er seinen Eltern gar nicht erst von dem Albtraum erzählte. Und Daka, Silvania und Helene auch nicht. Wahrscheinlich hätte Ludos Vater sowieso recht, der Traum hatte nichts zu bedeuten und ganz allein Ludos nervöse Neuronen waren daran schuld. Es wäre unfair, seine Freundinnen zu beunruhigen. Vor allem am Tag vor der Nachtwanderung zum Knochenhügel. Sie hatten sich dieses Mitternachtspicknick für ihn ausgedacht. Er wollte es ihnen nicht vermiesen, bevor sie überhaupt losgingen.

Ludo trat ans Fenster und schob die schwere, dunkelblaue Gardine zur Seite. Im Osten blinzelte ihm die Sonne entgegen. Der Himmel war wolkenlos. Im Süden hatten sich ein paar Wolken versammelt. Wie eine Schafsherde, die etwas ausheckte, standen sie in der Himmelsecke. Ludo hielt die Nase an den Fensterspalt, durch den die frische Morgenluft ins Zimmer drang. Er fand, es roch nach Gewitter.

Der große Präparator

Mihai Tepes' schwarze Lackschuhe quietschten auf dem hellgrauen Linoleumboden, als er das Institut für Rechtsmedizin betrat. Er machte sich nicht die Mühe, auf den Lichtschalter zu drücken und die Neonröhren aufflackern zu lassen. Er fand sich auch bei der grünlichen Notbeleuchtung zurecht. Außerdem konnte er sich dann zumindest einen Moment vorstellen, er würde zusammen mit seinem Bruder Vlad durch die dichten und wildschweinreichen Wälder von Transsilvanien streichen. Der quietschende Linoleumboden störte allerdings ein wenig dabei.

Mihai Sanguro Furio Tepes, der zweite Sohn einer ehrwürdigen Vampirfamilie, arbeitete bereits seit mehreren Wochen als Präparator am rechtsmedizinischen Institut. Eine Aufgabe, die eine ruhige Hand und einen gut gefüllten Magen erforderte, fand Herr Tepes. Im Gegensatz zu seinen Kollegen arbeitete Herr Tepes ausschließlich nachts. Nicht, weil er die Kollegen nicht mochte. Er hatte vielmehr Angst, sie zu sehr zu mögen und zum Fressen gern zu haben. Besonders, wenn er seit Stunden keine Nahrung zu sich genommen hatte. Besonders, wenn sie direkt neben ihm arbeiteten und dabei die köstlichsten menschlichen Gerüche ausstießen und ihnen vor Arbeitseifer die Halsschlagadern kräftig schlugen.

Auch wenn Mihai Tepes seit 13 Jahren mit Elvira Tepes verheiratet war – einem weiblichen und, wie Herr Tepes fand, besonders köstlichen menschlichen Exemplar –, war er dennoch ein Vampir. Und als solcher konnte er für nichts garantieren, wenn ihn der Heißhunger überkam.

Der Institutsleiter Herr Prof. Dr. Dr. h. c. Dobelhammer war zunächst etwas verwirrt, als Mihai Tepes im Vorstellungsgespräch fragte, ob er in der Nachtschicht arbeiten könne. Das hatte noch kein Bewerber gefragt. Bis jetzt gab es am Institut gar keine Nachtschicht. Da Prof. Dr. Dr. h. c. Dobelhammer für alles Neue, Ungewöhnliche und Fortschrittliche schnell zu begeistern war, stellte er Mihai Tepes ein. Und führte damit gleichzeitig die Nachtschicht am Rechtsmedizinischen Institut Bindburg ein. Darauf war er besonders stolz und vergaß es auf keinem der zahlreichen rechtsmedizinischen Kongresse, zu denen er fuhr, zu erwähnen.

Prof. Dr. Dr. h. c. Dobelhammer lag bereits neben seiner Gattin im Bett und schlief, als sein Mitarbeiter Mihai Tepes im Institut für Rechtsmedizin durch eine alte, gläserne Schwingtür auf einen langen Gang trat. Mit einem Schlüssel öffnete er die zweite Tür auf der linken Seite und trat in den kleinen Raum. Es war eine Art begehbare Garderobe für die Angestellten des Instituts. Herr Tepes streifte den schwarzen Umhang ab und einen grünen Kittel über. Der Kittel roch nach Plastiktüte und Mihai Tepes fand, Schwarz stand ihm viel besser als Grün. Aber es gab Regeln im Institut und Herr Tepes hielt sich (meistens) an sie. Hauptsächlich seiner Frau zuliebe, die sehr froh war, dass ihr Mann so schnell eine Anstellung in Bindburg gefunden hatte. Doch auch er wollte diese Stelle nicht leichtfertig aufs Spiel setzen. Zum einen liebte er die einsame Nachtschicht, zum anderen den riesengroßen Laborkühlschrank, in dem Blutproben aufbewahrt wurden.

Wie bei jeder Nachtschicht machte sich Herr Tepes auch heute zuerst auf den Weg zum Kühlschrank. Mit leerem Magen arbeitete sich nicht gut. Auch wenn das seine Frau, die ihm einmal bei seiner Arbeit als Präparator zugesehen hatte, anders sah.

Die meisten der Blutproben, die im Kühlschrank der Rechtsmedizin aufgewahrt wurden, stammten von bereits verstorbenen Menschen. Früher waren viele Vampire gegen das Blut von toten Lebewesen allergisch gewesen. Manche starben sogar, wenn sie mehr als fünf Liter davon zu sich nahmen. Doch im Laufe der Evolution wurden die Vampire immer unempfindlicher. Um zu überleben, saugten sie alles aus, was ihnen vor die Eckzähne kam. Ob tot oder lebendig.

Natürlich war auch Mihai Tepes ein gut gefülltes, lauwarmes Glas Frischblut lieber als eine kalte, abgestandene Blutkonserve. Aber im Prinzip war es wie beim Menschen: Gab es kein frisches Brot, tat es zur Not auch Knäckebrot. Außerdem hatte er sich schon so an den Geschmack der gekühlten Blutproben gewöhnt, dass er sich immer seltener auf die Jagd nach Frischblut machte und den bequemen Griff zum Laborkühlschrank bevorzugte.

Mihai Tepes betrat das Labor. Er rieb sich vor Vorfreude auf den kleinen kühlen Snack die Hände. Sein Blick fiel auf die große Uhr an der hinteren Wand: 23:06 Uhr. Einen Moment flogen seine Gedanken zu seinen Töchtern. Daka und Silvania. Wahrscheinlich waren sie bereits mit ihren Freunden auf dem Weg zum Knochenhügel, wo sie ein Mitternachtspicknick veranstalten wollten. Eine zensatoi futzi Idee, fand Herr Tepes. Auf so etwas kamen eben nur Vampire, beziehungsweise Halbvampire.

Elvira Tepes war von der Idee nicht ganz so begeistert gewesen: vier Kinder, allein unterwegs, nach Sonnenuntergang! Da merkte man wieder, dass sie – im Gegensatz zu ihrem Mann – kein Wesen der Nacht war. Sie hatte Angst vor der Dunkelheit. Dabei war es am Tag viel gefährlicher. Schon allein der verrückte Straßenverkehr! Und all die Menschen! Deswegen blieb Mihai Tepes tagsüber lieber in seinem Sarg im Keller. Dort war er in Sicherheit. Dort konnte er in Ruhe und Frieden mit Napoleon und Fidel Rennzeckenrennen veranstalten. Er war der Zuschauer, Napoleon und Fidel die Zecken.

Mihai Tepes überlegte gerade, ob er Napoleon und Fidel einmal mit ins Institut nehmen und auf dem langen Linoleumgang gegeneinander antreten lassen sollte, als er die Hand zum Kühlschrankgriff hob. Mitten in der Bewegung hielt er inne. Die Kühlschranktür stand einen kleinen Spalt auf. Hatte sie einer von Herrn Tepes' Kollegen nicht richtig geschlossen? Das war noch nie vorgekommen. Darauf zu achten, dass der Laborkühlschrank ordentlich geschlossen war, war oberstes Gebot im Institut. Prof. Dr. Dr. h. c. Dobelhammer wurde sehr wütend, wenn jemand gegen dieses Gebot verstieß. Mihai Tepes hatte seinen Chef bisher nur einmal sehr wütend erlebt. Er war schwer beeindruckt gewesen.

Mihai Tepes kniff die Augen zusammen und musterte den Kühlschrank. Auf der Edelstahltür entdeckte er eine feine, dünne dunkelrote Spur. Mit Mühe widerstand er dem Drang, sie sofort abzulecken. Stattdessen fasste er an den Türgriff und zog die Kühlschranktür mit einem Ruck auf.

„SCHLOTZ ZOPPO!“, rief Herr Tepes. Die Wörter hallten durch das menschenleere Labor.

Im Kühlschrank, der normalerweise von oben bis unten gefüllt war mit Blutproben, war nichts. Fast nichts. Im mittleren Fach lag einsam ein Blutröhrchen. Der Verschluss war abgerissen, bis auf ein paar kleine Blutstropfen war das Röhrchen leer.

Mihai Tepes starrte mit weit aufgerissenen, verschwommenen Augen in den Kühlschrank, als würde er direkt in die Hölle sehen. Sein dichter Schnauzbart, der sich an den Wangen kringelte wie zwei Lakritzschnecken, zitterte.

„Znicnak! Alle Blutproben, znicnak!“, rief Herr Tepes, fuhr sich mit beiden Händen durch die halblangen Haare, drehte sich einmal um sich selbst und sah sich mit von Panik gezeichnetem Blick im Labor um.

„Das kann nicht sein … sie müssen doch irgendwo … wer macht denn so was …“ Mihai Tepes schritt hektisch durch das Labor. Nicht nur, dass er die Nachtschicht mit leerem Magen beginnen musste, er musste auch Prof. Dr. Dr. h. c. Dobelhammer vom mysteriösen Verschwinden der Blutröhrchen berichten, sollten sie bis zum nächsten Morgen nicht wieder auftauchen.

Aus irgendeinem Grund hatte Mihai Tepes die Vermutung, dass sie das nicht tun würden. Und mit seinen Vermutungen hatte er bis jetzt meistens richtig gelegen. Doch zunächst musste er sich beruhigen. Er flog fünf Runden über dem Labortisch, klaute einer Spinne das Abendessen aus dem Netz und landete wieder vor dem leeren Kühlschrank. Er starrte auf die verwaisten Fächer. Wer tat so etwas? Wer klaute alle Blutproben aus dem rechtsmedizinischen Institut? Vielleicht ein Mörder, der Angst hatte, durch eine Blutprobe überführt zu werden und zur Sicherheit gleich alle Blutröhrchen aus dem Institutskühlschrank mitgenommen und zerstört hatte.

Denn eins stand fest: Die Blutproben hatte jemand gestohlen. Sie waren nicht einfach verdunstet und es hatte sie auch keiner ausgeliehen oder umgelagert. Mihai Tepes' Meinung nach deutete alles auf einen heimtückischen, skrupellosen Diebstahl hin.

Er trat näher an die Kühlschranktür heran und betrachtete die feine dunkelrote Blutspur genauer. Sie wurde nach unten hin immer dünner und ging schließlich in kleine Tropfen über. Die Tropfen wurden zu Tröpfchen und verteilten sich vom unteren

Türende auf den Laborfußboden. Mihai Tepes ging in die Hocke und folgte der Tröpfchenspur im Entengang. Dabei tropfte ihm selbst ein wenig Speichel aus dem rechten Mundwinkel. Die Blutspur führte ein Stück über den Fußboden, dann hinauf auf einen Labortisch, der an der Wand stand, und weiter hinauf auf ein Regal. Mihai Tepes flog am Regal entlang, die Nase dicht vor den Tröpfchen, die immer kleiner und unscheinbarer wurden. Das letzte Tröpfchen, das Herr Tepes erkennen konnte, klebte an der Wand, kurz vor einem kleinen Fenster.

Da das Labor im Untergeschoss lag, schloss das Fenster an die Zimmerdecke an. Für Menschen und andere flugunfähige Lebewesen war es zwar von außen gut zu erreichen, aber von innen nur, wenn sie eine Leiter benutzten. Oder ein Trampolin. Aber wo, fragte sich Mihai Tepes, sollten die Diebe die Leiter oder das Trampolin hingestellt haben? Unter dem Fenster stand ein Regal und davor ein breiter Tisch. Oder hatten die Diebe ein Seil benutzt?

Herr Tepes musterte das Fenster. Der Griff sah aus, als wäre er etwas verbogen. Die Scheibe war unbeschädigt. Mihai Tepes wollte schon wieder nach unten fliegen, als er im letzten Moment einen Flecken in der linken, unteren Fensterecke bemerkte. Er flog so dicht an das Fenster heran, dass seine Nase beinahe die Scheibe berührte. Der Fleck war von außen am Fenster. Genau genommen war es kein Fleck, sondern es waren drei Striche. Sie waren dunkelrot und leicht gebogen, wie Haken. Oder wie die Krallen eines großen Raubtieres.

Mihai Tepes runzelte die Stirn. Bis jetzt waren ihm in Bindburg nur Hausmäuse, Ratten, Eichhörnchen, Tauben und jede Menge Käfer begegnet. Trotzdem kamen ihm diese drei Krallen bekannt vor. Irgendwo hatte er sie schon einmal gesehen. An irgendetwas erinnerten sie ihn.

Aber mit der Erinnerung und einem Vampir war das so eine Sache. Mihai Tepes war vor 2676 Jahren auf die Welt gekommen. Seit Tausenden von Jahren stapelten sich in seinem Kopf die Erinnerungen. Je höher die Stapel wurden, desto schlechter kam er an manche Erinnerungen heran. Einige blieben für immer verschüttet. (Zum Glück zählte dazu nicht der Hochzeitstag mit Elvira).

Mihai klopfte mit den langen Fingernägeln der rechten Hand mehrmals an die Fensterscheibe. Mit der linken Hand strich er sich über den Lakritzschnauzer. Beinahe hätte er vor lauter Nachdenken das Fliegen vergessen und wäre abgestürzt.

„Flatliac, treptoi je!“, murmelte Herr Tepes vor sich hin, während er langsam wieder zu Boden sank. Das war eine alte vampwanische Redensart, die so viel hieß wie „Fledermaus, ich höre dir trapsen“.

Herr Tepes sah noch einmal von unten zum Fenster. Auf seiner Stirn bildeten sich tiefe Falten. Er wusste nicht, was das alles genau zu bedeuten hatte. Er wusste nicht, wer die gesamten Blutproben gestohlen hatte und was er damit wollte. Er wusste nur eins: Er hatte ein grottenschlechtes Gefühl. Und er hatte eine nebelhafte Vermutung, bei der sich seine Eckzähne vor Schrecken verbogen.

Gefangen im Gips

Dirk van Kombast hatte sich seine Heimkehr nach Deutschland anders vorgestellt. Wenn schon nicht als erfolgreicher und gefeierter Vampirjäger, so doch zumindest auf einem bequemen Business-Class-Sitz, umgeben von reizenden Flugbegleitern und Flugbegleiterinnen, mit Nüsschen und Orangensaft in Reichweite. Der erfahrene Pilot hätte sanft auf einer der Landebahnen des Bindburger Flughafens aufgesetzt und wenig später hätte sich Dirk van Kombast ein Taxi in den Lindenweg genommen. Zu Hause wäre er in seine himmelblauen Puschelhausschuhe geschlüpft, hätte sich auf die brombeerfarbene Ledercouch im Wohnzimmer gelegt und zur Entspannung in seiner Gesundheitszeitschrift geblättert.

Doch statt sich in die Hände einer reizenden Flugbegleiterin zu begeben, hatte sich Dirk van Kombast einer blutrünstigen Bestie ausgeliefert. Er hatte keine Wahl gehabt. Auf dem muskelharten und etwas muffig riechenden Rücken von Urio Transgoliato hatte es statt Nüsschen und Orangensaft jede Menge blauen Dunst gegeben. Und auch die Landung war alles andere als sanft gewesen.

Dirk van Kombast hatte den ganzen Tag im Krankenhaus verbracht. Frau Zicklein war so nett gewesen, ihm ihre Schlafmaske zu leihen, sodass er sich trotz des grellen Krankenhauslichtes ein wenig von den Strapazen der ungewöhnlichen Reise erholen konnte. Sein rechter Fuß war bis zum Knie komplett in Gips. Sein rechtes Bein war gebrochen. Auf die Frage des Arztes, was er nachts im Apfelbaum zu suchen hatte, verweigerte Dirk van Kombast die Antwort.

Erst gegen Abend wurde er auf eigenen Wunsch wieder nach Hause gefahren. Man setzte ihn am Straßenrand ab und gab ihm zwei Gehstöcke. Schon nach dem kurzen Weg vom Bürgersteig zu seiner Wohnungstür zitterten ihm vor Anstrengung die Arme. Erschöpft ließ er sich auf die brombeerfarbene Wohnzimmercouch fallen. Nach einer Weile juckte es ihn an seiner rechten Wade. Er stand auf, hüpfte in die Küche, holte sich ein Essstäbchen und hüpfte wieder zurück zur Couch. Dort lag er nun schon seit mehreren Stunden, hatte das Essstäbchen in den Gips gesteckt und bewegte es von Zeit zu Zeit.

Obwohl er müde war, wagte er es nicht, die Augen zu schließen. Sein Blick flog alle paar Sekunden zum Wohnzimmerfenster, von dem aus er das Nachbarhaus beobachtete. Nicht das Haus, in dem die barmherzige Nachbarin wohnte, die ihn unter dem Apfelbaum gefunden hatte, sondern das letzte Reihenhaus im Lindenweg. Das Haus Nummer 23. Das Haus, in dem Familie Tepes wohnte.

Dirk van Kombast war vom Aufenthalt im rumänischen Gefängnis geschwächt, vom Flug auf dem Rücken eines Riesenvampirs angeschlagen, vom

Sturz aus dem Apfelbaum verletzt und vom Gips eingeschränkt – doch er war ein Kämpfer. Auch nach einer Niederlage, auch, wenn er am Boden lag (beziehungsweise mit einem Gipsbein auf der brombeerfarbenen Wohnzimmercouch), er gab nicht auf. Sein Jagdinstinkt war bereits wieder geweckt.

Er hatte gesehen, wie Mihai Tepes kurz vor 23 Uhr das Haus verlassen hatte und mit dem flaschengrünen, alten Dacia davongefahren war. Kaum waren das Rumoren des Motors und das Knallen des Auspuffs verklungen, traten vier Gestalten auf die Terrasse des Nachbarhauses. Es dauerte ein paar Sekunden, bis Dirk van Kombast sie im matten Licht der Terrassenbeleuchtung erkannte: Dakaria Tepes, Silvania Tepes, Helene Steinbrück und dieser Junge, der auch immer bei den Mädchen mit dabei war. Wenn Dirk van Kombast richtig gehört hatte, nannten die anderen ihn Luder. Ihm war nicht ganz klar, warum. Klar war nur, dass dieser Junge auch nicht ganz normal war. Keiner, der mit Vampiren oder Halbvampiren befreundet war, konnte das sein.

Schließlich war auch noch Frau Tepes auf die Terrasse getreten. Sie hatte ihre Töchter umarmt, als gingen sie auf eine sehr lange Reise. Und dann waren sie tatsächlich losgegangen, alle vier Kinder, einfach schnurgeradeaus auf das kleine Wäldchen zu, das sich im Norden an die Reihenhaussiedlung anschloss. Nach dem Wäldchen kam lange Zeit nichts mehr. Außer ein paar Hügel.

Wo wollten die Kinder hin? Gab es in dem Wäldchen ein geheimes Jungvampirtreffen?

Dirk van Kombast sah den Kindern nach, bis sie vollkommen von der Dunkelheit verschluckt wurden. Einen winzigen Augenblick meinte er, noch etwas anderes zu sehen. Etwas Großes, Dunkles, das sich geräuschlos durch die Nacht bewegte und den Kindern folgte, mit gewaltigen schwarzen Schwingen. Wie ein Rochen im Ozean. Doch als er zur Terrassentür hüpfte, um besser sehen zu können, war es verschwunden.

Er dachte an Urio Transgoliato. Sein Magen zog sich zu einem Pingpongball zusammen. Auf einmal war er froh, dass ihn der Gips an einem nächtlichen Spaziergang hinderte und er den Kindern nicht in den Wald folgen konnte. Nein, er würde die Nacht auf der Wohnzimmercouch verbringen. Er würde sein Abhörgerät – das „Vampire-Best-Bye-Bug“, das er sich beim letzten Vampirologenkongress in New York gekauft hatte – aufstellen und abwarten, was geschah.

Leider lag sein gesamter Knoblauchvorrat noch in einem Zelt irgendwo in den Wäldern Transsilvaniens. Er hatte es bei der Vampirjagd vor ein paar Tagen überstürzt verlassen müssen. Seit seiner stürmischen Heimkehr war er noch nicht dazu gekommen, den Knoblauchvorrat wieder aufzufüllen. Doch sollte es nötig sein, sollte seine Hilfe als Vampirjäger gebraucht werden, würde er sich auch ohne Knoblauch aus dem Haus wagen.

Dirk van Kombast war sich sicher, dass es dazu noch in dieser Nacht kommen würde.

Unterwegs zum Knochenhügel

Der Mond, kühl, still und rund, schimmerte durch die Bäume. Sie hatten das Wäldchen hinter der Reihenhaussiedlung fast durchquert. Ab und zu fuhr eine leichte Windböe in die Baumkronen und ließ die Blätter rauschen wie Elfenhaar. Eine Eule stieß ihren Laut aus. Ansonsten hüllte sich der Wald in schwarzes Schweigen.

Ludos Blick huschte von einer Seite zur anderen. Er ging mit eingezogenem Kopf hinter Silvania, Daka und Helene her, hielt die Arme ein Stück vor dem Körper, jederzeit bereit, einen Angriff – von wem auch immer – abzuwehren. Den ganzen Tag über hatte er den furchtbaren Albtraum der letzten Nacht nicht abschütteln können. Dabei hatte er sich wirklich Mühe gegeben. Er hatte gelesen, im Garten Handstand geübt, Zuckerwürfel in einen Ameisenhaufen gesteckt, sich mit seinem Papa über Quantenchromodynamik unterhalten und seinem Opa beim Kochen einer Löwenzahn-Mohnsuppe geholfen. Alles vergebens. Sobald er auch nur eine Sekunde an nichts Bestimmtes dachte, war der Albtraum wieder da: der schwarze Hügel, der Blitz, das Baumskelett, die Tierkrallen und der Schrei.

Jetzt sah Ludo bereits den Waldrand, von dem aus es über einen kleinen Pfad zum Knochenhügel ging. Einerseits war er froh, den dunklen Wald zu verlassen, andererseits bezweifelte er, dass sie auf dem Hügel in Sicherheit waren.

Plötzlich spürte Ludo einen Lufthauch. Ein Ast knackte hinter ihm. Mit einem Ruck wirbelte er herum.

„BUH!“, schrie ihm jemand direkt ins Gesicht.

„AAHH!“, schrie Ludo und riss die Augen auf. Genau vor seiner Nase hing jemand. Kopfüber. Das Gesicht kam ihm bekannt vor. Kein Wunder. Es war das Gesicht von Dakaria Tepes. Ludo war so in Gedanken versunken gewesen, dass er nicht bemerkt hatte, wie sich Daka hinter ihn geflopst und über ihn an einen Ast gehängt hatte.

Daka lachte. „Mann, Ludo, du bist heute echt ein Porci-Klaperski!“

„Ein was?“, fragte Helene, die zusammen mit Silvania am Waldrand stehen geblieben war und sich umdrehte.

„Ein Porci-Klaperski ist ein … ein … ein Zitterkaninchen“, übersetzte Silvania wörtlich.

„Ein Angsthase“, sagte Ludo. Er sah auf seine Knie. Sie zitterten. Die Hose schlackerte.

Daka flog vom Ast auf die Erde. Sie stellte sich neben Ludo und legte den Arm um seine Schultern. „Skyzati. Ich wollte dich nicht so doll erschrecken. Nur ein bisschen. Außerdem dachte ich, du würdest es voraussehen.“

Ludo sah Daka mit großen Augen an und schüttelte den Kopf. Die spontanen Ideen eines zwölfjährigen Halbvampirmädchens konnte wahrscheinlich niemand voraussehen.

„Guck mal, Ludo.“ Helene war ein Stück aus dem Wald getreten und zeigte auf den Nachthimmel. „Nur ein paar kleine Pufferwolken. Nichts mit Gewitter.“

Als sie sich vorhin bei den Tepes getroffen hatten, hatten die Mädchen sofort bemerkt, dass Ludo nervös war. Sehr nervös. Das war nicht normal. Normal war, dass Ludo ruhig war. Manchmal vielleicht etwas zu ruhig. Aber wenn man hellsichtig war, konnte man wahrscheinlich auch die Ruhe weghaben. Doch an diesem Abend hatte Ludo ständig seine Hände geknetet, auf den Zehenspitzen gewippt und unentwegt hin und her geschaut. Die Mädchen hatten ihn gefragt, was los war. Beinahe hätte Ludo von seinem Albtraum erzählt. Und von dem Geist, der ihn seit ein paar Tagen verfolgte. Aber sie wollten in wenigen Minuten zur Nachtwanderung zum Knochenhügel aufbrechen. Ludo hatte es einfach nicht übers Herz gebracht, seinen Freundinnen diese Nacht zu verderben. Sie freuten sich doch so sehr darauf. Deswegen hatte er ihnen nichts von den Tierkrallen, dem Schrei und dem Geist, sondern nur von dem Blitz erzählt.

„Genau“, sagte Silvania. „Es gibt heute kein Gewitter. Auch du liegst mal mit deinen Vorhersagen daneben.“

„Na hoffentlich“, murmelte Ludo und folgte den Freundinnen aus dem Wald. Seine Knie schlotterten noch immer leicht. Sie folgten im Gänsemarsch dem kleinen Pfad, der zum Fuße des Hügels führte. Ludo betrachtete den Himmel. Helene hatte recht. Es waren tatsächlich nur ein paar kleine Wolken zu sehen. Wie friedliche weißgraue Schafe zogen sie langsam über den dunkelblauen Nachthimmel. Konnte es sein, dass er sich dieses Mal mit seiner Vorhersage geirrt hatte? War wirklich alles nur ein Albtraum gewesen? Ludo wünschte es sich. Doch sein Gefühl sagte ihm etwas anderes.

Je näher sie dem Knochenhügel kamen, desto leiser wurden alle. Als sie den Fuß des Hügels erreichten, wurde es vollkommen ruhig. Silvania, die Helene eben noch eine Szene aus einem Liebesroman nacherzählt hatte, brach mitten beim Kuss ab.

Daka, die eben noch den aktuellen Hit von *Krypton Krax* vor sich hingesummt hatte, verstummte. Mitten im Refrain.

Die vier Freunde blieben einen Moment stehen und sahen zum Hügel hinauf. Im Licht des Vollmonds hob er sich schwarz und mächtig wie der Rücken eines riesigen, jahrhundertealten Reptils vom dunkelblauen Nachthimmel ab. Auf dem Gipfel ragte ein toter Baum in die Höhe. Seine kahlen grauen Äste räkelten sich wie die Finger einer Knochenhand dem Vollmond entgegen.

Daka trat mit dem Fuß vor einen Stein. Er rollte ein Stück den Hügel hinauf, dann wieder ein Stück nach unten, bis er in einer kleinen Grasmulde liegen blieb. Die vier Nachtwanderer sahen auf den Stein in der Mulde.

Stimmte die Sage, die ihnen Zapko Schwarzer erzählt hatte? Bestand der ganze Hügel aus vierhundert Jahre alten Knochen? Lagen unter dem Gras, dem Geröll und der Erdschicht tatsächlich die sterblichen Überreste von unzähligen, in der Schlacht eines längst vergangenen Krieges gefallenen Menschen?

Silvania bekam bei dem Gedanken rote Kringel um die Augen.

Daka hob vor Gruseln ein paar Zentimeter vom Boden ab.

Helene spürte, wie sich die Haare an ihren Armen und Beinen aufstellten.

Ludos Mund wurde so trocken, dass ihm die Zunge am Gaumen klebte. Sein Blick wanderte zum Gipfel des Knochenhügels. Einen Moment kam es ihm so vor, als würden sich die kahlen Äste des Baums bewegen. Er meinte sogar, sie in der Ferne knarzen zu hören. Doch es war gerade vollkommen windstill. Wie konnte das sein?

Ludo schüttelte innerlich den Kopf. Es stimmte, was Daka gesagt hatte: Er war ein Porci-Klaperski. Da verfolgte ihn mal eine Nacht ein Albtraum und schon schlotterten ihm bei den kleinsten Geräuschen und Bewegungen die Pobacken. Wahrscheinlich, nein, ganz sicher, bildete er sich alles nur ein. Der tote Baum bewegte sich überhaupt nicht. Und es gab auch keinen Blitz. Keine Tierkrallen. Keinen Schrei. Keinen Geist. Aus und fertig. Ludos Papa hatte recht: Ludo hatte keine besondere Gabe, sondern einfach nur zu viel Fantasie.

Silvania, deren rote Kringel mittlerweile wieder etwas verblasst waren, sagte leise: „Na dann, gehen wir. Schließlich wollen wir Mitternacht oben sein.“

Die anderen nickten. Im Gänsemarsch marschierten sie langsam den Hügel hinauf: erst Silvania, dann Helene, dann Daka und als Letzter Ludo.

Ludo versuchte sich ganz auf seine Schritte zu konzentrieren. Zuerst raschelte das Gras leise unter seinen Füßen, dann knirschte das Geröll. Manchmal lösten sich ein paar Steine und rollten klackend den Hang hinab.

Obwohl Ludo der Letzte in der Reihe der Nachtwanderer war, hatte er seltsamerweise das Gefühl, jemand würde hinter ihm gehen. Doch immer, wenn er sich umdrehte, sah er nichts außer dem einsamen Hang, dessen Fuß bereits von der schwarzen Nacht verschluckt wurde.

Ludo ging weiter, den Blick nach vorne gerichtet. Das Gefühl, verfolgt zu werden, wurde immer stärker. Auf einmal spürte er eine frostige Hand hinter sich. Sie zog an seinen Fersen, fuhr ihm in die Hosenbeine, kroch ihm über den Rücken. Ludo ging schneller, doch er konnte den kalten Häscher nicht abschütteln. Ludo wusste genau, wer er war. Der Geist war ihm gefolgt. Er war nahezu lautlos, roch nach Eisblume und war unnachgiebig und eigensinnig. Und unberechenbar.

Der Geist heftete sich an Ludo, zerrte an ihm und umschlang ihn gleichzeitig, als wollte er sich an Ludo festklammern. Was wollte er von ihm? War es Zufall, dass er Ludo zum Knochenhügel gefolgt war? Sollte Ludo die anderen um Hilfe bitten? Doch Ludo wusste, dass der Geist verschwinden würde, sobald sich eine seiner Freundinnen zu ihm umdrehen würde. Und er würde wieder auftauchen, sobald die anderen sich wieder abgewandt hatten. Wie immer musste er selbst mit den Geistern fertigwerden. Obwohl er sie gar nicht gerufen hatte. Er musste herausfinden, was der Geist wollte. Sonst würde er niemals Ruhe geben.

Als sich der Geist um Ludos Hals schlang und ihn beinahe würgte, wurde Ludo etwas klar. Er spürte es in diesem Moment ganz deutlich: Der Geist wollte ihm nicht drohen oder ihn angreifen. Er wollte ihn auch nicht verschrecken. Der Geist hatte Angst. Solche riesengroße, enorme, gewaltige, unheimliche Angst, dass sich sofort ein Teil davon auf Ludo übertrug.

Die Angst legte sich um Ludos Körper wie eine Eisschicht. Stocksteif schritt Ludo den Hügel hinauf. Er brachte keinen Ton heraus. Er wollte nur noch eins: den Gipfel des Knochenhügels erreichen, den Geist samt der Angst abschütteln, mit den anderen picknicken und schnurstracks wieder zurück nach Hause gehen. Wenn er es sich genau überlegte, könnten sie den Teil mit dem Gipfel und dem Picknick auch weglassen und gleich umkehren.

Ludo sah zum Vollmond. Er wirkte ruhig und gelassen. Kein Wunder. Er war ja auch 384 401 Kilometer von der Erde und dem Knochenhügel entfernt. Plötzlich wurde Ludo weiß vor Augen. Es dauerte einen Moment, bis er begriff, dass es nicht das Mondlicht war. Es war ein Bild, das sich wie ein Blitz vor seine Augen schob: In dem Bild blickte Ludo auf die Erde hinab. Die Flachdächer der Häuser unter ihm sahen aus wie Spielkarten. Die Bäume dazwischen wie dunkelgrüne, kleine Staubflusen. Er sah seine Arme und Beine in der Luft baumeln. Unter ihm war nichts als Luft. Ludo flog.

Das Bild war genauso schnell wieder verschwunden, wie es aufgetaucht war. Ludo sah noch immer zum Vollmond. Sein Herz klopfte, als wäre er auf der Flucht. Grundsätzlich hatte Ludo nichts gegen die Vorstellung zu fliegen. Es gab nur ein Problem: Ludo konnte nicht fliegen. Zumindest bis jetzt.

Auf weiten Schwingen

Sie waren lautlos in die dunkelblaue Tiefe getaucht, die sich über die Stadt gelegt hatte. Ihre Schwingen waren weit, schwarz und kräftig und trugen ihre monströsen Körper voller erhabener Ruhe. Ihre Augen leuchteten matt wie milchige Sterne. Sie verließen sich lieber auf ihre Nase und ihre Ohren.

Sie hatten einen Auftrag zu erfüllen. Sie kannten ihr Ziel. Nichts und niemand würde sie davon abhalten, es zu erreichen. Sie würden den Auftrag ausführen und zu ihren Gebietern zurückkehren. Sie wussten, dass sie ihre Gebieter nicht enttäuschen durften. Ihre Gebieter waren sehr mächtig. Und sie konnten sehr zornig werden.

Doch dazu würde es keinen Grund geben. Sie würden ihre Gebieter nicht enttäuschen. Der Auftrag war einfach und klar. Sie hatten schon ganz andere Dinge gemeistert.

Ihre Schwingen zogen sich wie ein schwarzer Schleier über die Stadt, während sie ihrem Ziel immer näher kamen. Die Menschen in der Reihenhaussiedlung unter ihnen schliefen und bemerkten nicht, wie fünf gigantische Wesen lautlos über den Nachthimmel und die Dächer ihrer Häuser hinwegglitten. Sie ahnten noch nicht einmal etwas von der Existenz solcher Wesen. Weder der gut aussehende, alleinstehende Pharmavertreter, der im Reihenhaus

Nummer 21 mit einem Abhörgerät auf dem Schoß auf einer brombeerfarbenen Wohnzimmercouch saß, noch die Frau mit dem roten Wuschelkopf und den nachtblauen Augen, die im Reihenhaus Nummer 23 gerade eine Klobrille bemalte und dabei an ihre Töchter dachte. Sie waren mit Freunden zum Mitternachtspicknick auf den Knochenhügel aufgebrochen. Bestimmt würde es eine tolle Nacht für sie werden.

Oder?

Das ist der Gipfel

Obwohl der Knochenhügel nur ein Hügel und kein richtiger Berg war, ging es an manchen Stellen ganz schön steil bergauf.

Helene strich sich die blonden Haare aus dem Gesicht. Auf ihrer Stirn hatten sich ein paar Schweißtropfen angesammelt.

Silvania zog sich den Gangsterhut vom Kopf und wedelte sich damit Luft zu. Ihre rotbraunen Haare fielen in Wellen auf ihre Schultern. Silvania trug so gut wie nie eine Hose. Zu dieser Nachtwanderung hatte sie extra einen Hosenrock angezogen. Entlang der Außennähte waren weiße Knöpfe angenäht, die wie kleine Totenköpfe aussahen.

Daka blieb kurz stehen und sah sich nach Ludo um. Er war etwas zurückgefallen. Sein Gesicht leuchtete wie ein Spiegelei im Mondlicht und seine ockerfarbenen Augen wie zwei dunkle, glänzende Eidotter darin. Ludo strauchelte mehr den Hügel hinauf, als dass er ging.

Auch Daka waren die Beine vor lauter Bergauflaufen schon ganz wackelig. Nicht, dass sie unsportlich oder eine faule Sargkartoffel war. Lange oder ganz und gar bergauf gehen war sie als Halbvampir einfach nicht gewöhnt. Woher auch? In Bistrien, ihrer unterirdischen Heimatstadt, wurde geflogen und geflopst, wenn man irgendwohin wollte.

Daka sah auf ihre Zehenspitzen. Sie steckten in schweren dunkelroten Halbstiefeln aus Leder. Die schwarzen Schlaufen, die jeweils hinten und vorne aus den Stiefeln herausragten, sahen aus wie Fledermausflügel. Daka hatte das Gefühl, ihre Füße kochten in den Stiefeln. Sie meinte auch, etwas Dampf aufsteigen zu sehen. Das war ihr in ihrem ganzen zwölfjährigen Leben noch nie passiert: qualmende Füße! Bis jetzt kannte sie nur qualmende Arme. Wenn sie in der Luft eine Vollbremsung hinlegen musste – weil ein Taubenschwarm, ein UFO oder ein älterer Vampir von rechts kamen –, konnte das schon mal vorkommen. Aber qualmende Füße waren viel unangenehmer. Das wusste Daka jetzt.

„Was ist?“, fragte Ludo, der mittlerweile zu Daka aufgeschlossen hatte.

Daka zeigte auf ihre Füße. „Meine Füße paffen.“

Ludo starrte auf Dakas Stiefel. Er fand, da paffte nichts.

„Ich gehe keinen Schritt mehr“, verkündete Daka. „Onu, zoi, trosch“ und –

FLOPS,

weg war sie.

Obwohl Ludo die Vampirschwestern schon öfters flopsen gesehen hatte, gewöhnt hatte er sich an das Geflopse noch lange nicht. Eben waren sie noch hier, dann auf einmal dort – es war einfach nur sehr verwirrend. Und viel zu schnell für Ludo. So schnell, dass er es nie voraussehen konnte. Manchmal war er froh, dass Elvira Tepes für ihre Töchter die sieben radikalen Regeln aufgestellt hatte und Regel Nummer sechs besagte, dass jeglicher Einsatz übernatürlicher Kräfte, zu denen auch das Flopsen zählte, verboten war. Wie man sah, hielten sich die Zwillinge nicht unbedingt an die sieben radikalen Regeln. Vielleicht waren sie auch zu radikal. Die Regeln. Und die Zwillinge.

Ludo blickte zum Gipfel des Knochenhügels.

Daka hing kopfüber an einem dicken grauen Ast des toten Baumes und winkte ihnen zu. Der breite schwarze Gürtel, auf den lauter kleine silberne Spinnen genietet waren, war ihr bis unter die Achseln gerutscht. Es sah aus, als hinge Daka mit einem Rettungsring in der Luft.

„Hoi boi, ihr lahmen Blutasseln!“, rief sie den anderen zu, die sich langsam das letzte Stück zum Hügel hinaufkämpften.

„Daka!“ Silvania warf ihrer Schwester einen bissigen Blick zu. „Das verstößt gegen die radikale Regel Nummer sechs!“

„Und stinkende Qualmfüße verstoßen gegen die Ehre eines Halbvampirs.“

Silvania sah auf ihre spitzen dunklen Schnürschuhe, deren oberer Rand gezackt war wie ein Drachenrücken. Sie rümpfte die Nase. Ihre Schwester hatte recht. Was selten vorkam. Aber es kam vor.

„Flopsen ist unfair“, fand Helene. „Obwohl …“ Sie sah zum Gipfel. Er war nur noch wenige Schritte entfernt. „Wenn ich’s könnte, würde ich wahrscheinlich Tag und Nacht durch die Gegend flopsen.“

„Gumox“, sagte Silvania. „Flopsen ist total anstrengend.“

„Anstrengender als bergauf laufen?“, fragte Ludo.

„Ungefähr so anstrengend wie mit einem Rucksack voller Backsteine bergauf laufen“, erklärte Silvania.

Daka nickte und fing mit dem Finger eine Schweißperle auf, die ihr gerade von der Nasenspitze über den Nasenrücken auf die Stirn lief. „Aber die Füße paffen nicht.“

Helene, Silvania und Ludo erreichten den Gipfel des Knochenhügels.

Silvania stieß einen Seufzer aus und tupfte sich mit einem Taschentuch die Schweißperlen von der Oberlippe.

Helene streckte die Arme aus und dehnte die Beine.

Ludo stand genauso reglos wie der Baum da. Er sah nach unten zum Fuß des Hügels, als würde er von dort irgendetwas oder irgendjemanden erwarten.

Einen Moment lang wurde es friedhofsstill auf dem Knochenhügel. Hätte jemand die vier Freunde von Weitem gesehen, hätte er meinen können, sie gehörten in die Landschaft, genauso wie der tote Baum. Daka, Silvania, Helene und Ludo versuchten die Nacht mit den Augen zu erfassen. Es war eine tiefe, unergründliche, geheimnisvolle Dunkelheit. Sie hatte die Macht, alles mit einem Schlag zu verwandeln. Nur der Gipfel und die unmittelbare Umgebung wurden vom Mondlicht erhellt. Das kühle Licht ließ die Gesichter der Kinder fahl schimmern, als wären sie mit Leichenbalsam bedeckt. Das Mondlicht streifte nur die Oberfläche, erwärmte nicht das Innere.

Plötzlich knackte es im toten Baum. Silvania, Helene und Ludo fuhren herum. Helene riss die Augen auf. Ludo ballte die Hände zu Fäusten. Silvania entblößte ihre Eckzähne.

„Skyzati“, sagte Daka und grinste schief. Sie hielt einen kleinen abgestorbenen Zweig in der Hand. „Da saß ein Eulenfalter. Mich hat einfach der Hunger gepackt.“

Silvania verdrehte die Augen.

Helene verzog angewidert den Mund.

Ludo ließ die Fäuste sinken.

Daka warf den Zweig weg und streckte die Arme nach unten aus. Sie reichten gerade so bis zum Erdboden. Im Handstand machte sie einen Abgang rückwärts vom Ast. Als sie mit beiden Beinen auf dem Boden aufkam, erklangen von der Ferne Kirchturmglocken.

„Mitternacht!“, sagte Helene leise.

Ludo, Silvania und Daka sahen einander an und nickten verschwörerisch.

Helene strich sich über die Arme. Die Gänsehaut prickelte herrlich. Helene liebte Mitternacht. Die Geisterstunde. Die Stunde der Dämonen, der Hexen, des Teufels und der bösen Mächte. Doch bis jetzt war Helene um Mitternacht meistens in ihrem Zimmer oder in einem anderen Raum gewesen, wo sie notfalls schnell das Licht anknipsen konnte. Auf dem Knochenhügel gab es keinen Lichtschalter. Noch nicht einmal eine Toilette, die Helene auch immer gerne in der Nähe wusste, wenn sie sich gruselte. Sie gruselte sich sehr gerne. So, wie andere gerne vom Zehnmeterbrett sprangen. Solche Leute soll es geben. Trotzdem war sie sehr froh, dass sie sich heute nicht allein gruseln musste. Hätten Silvania, Daka und Ludo nicht neben ihr gestanden, hätte sie sich wahrscheinlich zu einer Kugel zusammengekrümmt, wäre den Hügel hinuntergerollt, am Fuße liegen geblieben und hätte sich tot gestellt, bis die ersten Sonnenstrahlen die Nacht und den Spuk vertrieben hätten.

„Also“, sagte Silvania, „hiermit eröffne ich das Mitternachtspicknick. Hoi boi!“ Sie versuchte fröhlich zu klingen, aber es gelang ihr nicht. Silvania gruselte sich nie gerne. Weder allein noch mit Freunden. Höchstens zu zweit. Mit einem unheimlich verwegenen Beschützer. Obwohl sie als Halbvampir die Dunkelheit gewohnt war, fühlte sie sich auf diesem Hügel mit dem seltsamen Namen unwohl. Vielleicht lag es an der Geschichte, die ihnen Ludos Opa erzählt hatte. Vielleicht auch einfach an den vielen Blutwürstchen, die sie zum Abendbrot gegessen hatte.

Sie setzte den Rucksack ab, in dem sie die Picknicksachen und eine Überraschung für Ludo mitgenommen hatten – wenn es denn überhaupt noch eine Überraschung war und er es nicht schon längst voraussah.

„Warte, ich helfe dir.“ Daka kniete sich neben ihre Schwester.

Helene trat hinter Ludo und hielt ihm die Hände vor die Augen. „Überraschung!“, rief sie. „Nicht hellsehen, hörst du?“

Ludo brummte zustimmend. Ihm war nicht ganz wohl dabei, gar nichts mehr zu sehen. Weder hell noch normal. Zum einen hatte er Angst, dass sein Albtraum wiederkehren würde, zum anderen hatte er Angst, dass irgendetwas herannahen würde, von dem er nicht wusste, was es war. Nur, dass es sehr gefährlich und mächtig war.

Ludo hörte, wie seine Freundinnen etwas aus dem Rucksack zogen. Es knisterte und klang wie Alupapier.

„Es geht los“, sagte Silvania.

„ONU, ZOI, TROSCH!“, riefen Daka, Silvania und Helene zusammen.

Helene nahm mit einem Mal die Hände von Ludos Augen.

Ludo starrte auf den Boden. Dort stand eine große silberne Schüssel. In der Schüssel lag ein schwarzer, wabbeliger Klumpen, von dem mehrere dünne schwarze Linien abgingen. Er sah aus wie eine riesengroße Spinne. Eine Spinne mit weißen Punkten auf dem Rücken.

„Ist das nicht zensatoi futzi?“, rief Daka.

Ludo nickte zögernd. „Toll.“

„Die kleinen weißen Raupen habe ich draufgelegt.“ Helene verschränkte die Hände hinter dem Rücken und drehte den Oberkörper hin und her.

„Natürlich sind sie aus Zucker“, ergänzte Silvania.

„Natürlich.“ Ludo kratzte sich hinter dem Ohr. Er zog einen Mundwinkel zur Seite. Er stülpte die Lippen erst nach innen, dann nach außen. „Und was ist das genau?“

Daka warf Ludo einen fassungslosen Blick zu. „Na, eine Wackelpuddingspinne!“

„Cola-Waldmeister-Geschmack“, ergänzte Helene.

„Perfekt für ein Mitternachtspicknick“, sagte Silvania. „Du magst doch Wackelpuddingspinnen, oder?“ Silvania sah Ludo besorgt an.

Ludo zuckte mit den Schultern. „Ich habe noch nie eine gegessen. Aber die da sieht sehr lecker aus.“

„Du hast noch NIE eine Wackelpuddingspinne gegessen?“ Daka riss die Augen auf. „Schlotz zoppo, wovon ernährt ihr Menschen euch nur?“

„Los, schneiden wir die Spinne an!“, sagte Helene, für die es auch die erste Wackelpuddingspinne ihres Lebens war. Sie setzte sich im Schneidersitz neben die Zwillinge.

„Da wird nichts geschnitten.“ Silvania holte vier Strohhalme aus dem Rucksack, so dick wie der Pappenrest einer Küchenrolle.

Daka nickte. „Die Spinne wird ausgesaugt. Bis auf den letzten wabbelnden Krümel. Samt Raupen, versteht sich.“

„Komm, Ludo, setz dich“, sagte Silvania.

Doch Ludo reagierte nicht. Er sah zum Himmel.

„Was ist?“, fragte Helene.

„Ich weiß nicht … ich …“ Ludo zog die Augenbrauen zusammen.

„Siehst du wieder ein Gewitter?“, fragte Daka.

„Nein, kein Gewitter, aber …“ Eigentlich sah Ludo gar nichts. Er spürte nur etwas. Etwas, das näher kam. Unaufhaltsam.

Silvania sah ebenfalls zum Himmel. Bis auf ein paar Wolken war er sternenklar. Der Vollmond schien auf die Wackelpuddingspinne und ließ die Raupen auf dem Rücken gespenstisch leuchten. „Also, ich sehe nichts. Komm schon, Ludo, setz dich.“

„Genau“, sagte Daka, die bereits einen dicken Strohhalm in der Hand hatte. „Sonst sauge ich nämlich die ganze Wackelpuddingspinne alleine auf. Glaub ja nicht, dass ich das nicht kann.“

Ludo wandte den Blick vom Himmel und sah zu seinen Freundinnen. Sie hatten recht. Er sollte endlich aufhören, Gespenster zu sehen. Am Himmel war nichts zu erkennen, weder ein Gewitter noch irgendetwas anderes. Und der geheimnisvolle Geist, der Ludo eben noch im Nacken gesessen hatte, war auch verschwunden. Es war eine ganz normale Nacht. Eine Vollmondnacht, in der er mit seinen Freundinnen auf dem Knochenhügel saß und Wackelpuddingspinne saugte.

Ludo ging in die Hocke und nahm Silvania den Strohhalm ab, den sie ihm hinhielt.

„Also dann: Boi memu!“, sagte Daka.

„Boi memu!“, erwiderten die anderen.

Gerade, als die vier Freunde die Strohhalme in die Wackelpuddingspinne steckten, verdunkelte sich der Himmel. Der Gipfel des Knochenhügels wurde samt Ludo, Helene, Silvania und Daka in absolute Finsternis getaucht, als hätte jemand eine schwarze Decke über sie geworfen. Etwas hatte sich vor den Mond geschoben. Etwas Gigantisches, Lautloses, Gefährliches. Ludo wusste sofort, dass es keine Wolke war.

Angriff der Fledermonster

Daka, Silvania, Helene und Ludo sahen nach oben. Der Vollmond und die Sterne waren verschwunden. Als wären sie in ein schwarzes Loch gestürzt. Erst als sich ihre Augen an die tiefe Dunkelheit gewöhnt hatten, nahmen sie am Nachthimmel fünf schwarze Umrisse wahr. Gewaltige, bedrohliche, angsteinflößende Umrisse. Instinktiv duckten sich die vier Freunde.

Der Strohhalm in Silvanias Hand zitterte wie ein Dirigentenstab, der den Takt für den Säbeltanz von Chatschaturjan angab.

Daka blieb ein „Schlotz zoppo!“ in der Kehle stecken. Am liebsten hätte sie sich zum Erdmittelpunkt geflopst.

Helene hatte den Strohhalm noch immer im Mund, obwohl ihre Lippen bebten.

Ludos Augenlider flackerten vor Entsetzen. Sollte alles, was er vorausgesehen hatte, eintreten?

„Was ist das?“, fragte Helene leise. Ihre Frage drang langsam und zäh wie Knete durch den Strohhalm zu den anderen.

„Fledermäuse“, sagte Daka mit belegter Stimme, ohne die Tiere dabei aus den Augen zu lassen.

Daka hatte recht. Über ihnen kreisten fünf Fledermäuse. Aber diese Fledermäuse hatten nichts mit den kleinen nachtaktiven Tieren zu tun, die in Höhlen oder Bäumen lebten und die Ludo und Helene aus Tierfilmen kannten. Sie hatten auch nichts mit den possierlichen Haustieren zu tun, die in der Heimatstadt der Vampirschwestern die Post ausflogen und andere Botenflüge erledigten.

Diese Fledermäuse waren keine Mäuse, es waren Fledermonster. Ihre Körper waren so groß wie Gorillas. Und auch so behaart. Die Flügel waren gigantische schwarze Zelte, so gewaltig, dass sie ein ganzes Hausdach bedecken konnten. An den Fingerspitzen, zwischen denen sich die riesengroße schwarze Flugmembran spannte, prangten spitze Krallen. Ebenso an den Füßen. Die Krallen dort waren jedoch noch kräftiger, wie die eines urtümlichen Drachens.

Im Vergleich zum restlichen Körper war der Kopf der Fledermonster eher klein. Die platte Nase mit den großen Nasenlöchern erinnerte an einen Affen, die gewaltigen Ohren an Haifischflossen. Das Gesicht war von stacheligen schwarzen Haaren bedeckt. Die Augen standen warzenartig hervor. Sie schimmerten wie wässrige Milch, hatten weder Pupillen, noch waren sie von Wimpern umgeben. Aus dem breiten Mund ragten mehrere kleine, spitze gelblich weiße Zähne.

Die gigantischen Fledermäuse kreisten mit ausgebreiteten Schwingen um den Gipfel des Knochenhügels. Jede von ihnen stieß in regelmäßigem Abstand einen Schrei aus, der Silvania, Daka, Helene und Ludo den Atem stocken ließ.

Ludo starrte auf die Krallen, die nur wenige Meter

über seinen Kopf hinwegflogen. Er wusste, wo er diese Krallen schon einmal gesehen hatte: in seinem Albtraum. Alles trat so ein, wie er es geträumt hatte. Nur das Gewitter nicht. Ihm wäre lieber gewesen, er hätte sich bei den anderen Sachen geirrt. „Sind die irgendwie mit euch verwandt?“, fragte Ludo die beiden Halbvampire und deutete mit dem Kinn auf die Riesenfledermäuse über ihnen.

„Sehen die uns etwa ähnlich?“ Daka warf Ludo einen beunruhigten Blick zu.

„Ich habe solche riesengroßen Fledermäuse noch nie gesehen“, hauchte Silvania.

„Die kommen nicht aus Transsilvanien?“, fragte Helene.

Daka und Silvania, die noch immer nach oben sahen, schüttelten die Köpfe.

„Aber woher dann?“ Ludo sah einer Riesenfledermaus direkt ins milchige Auge. Er hatte das Gefühl, seine Knochen würden zerbrechlich wie Eierschalen.

„Vielleicht sind das irgendwelche Mutationen“, meinte Silvania.

„Genau. Fledermäuse, die zu lange in der Großstadt gelebt haben und dadurch selbst viel zu groß geworden sind“, sagte Daka. Ihre Stimme klang wie in einen Fingerhut gepresst.

„Und was wollen sie hier?“, fragte sich Helene laut. Voller Furcht folgten ihre Pupillen dem Flug der gewaltigen Tiere über ihnen.

„Oder von uns“, ergänzte Ludo.

„Vielleicht wollen sie ja gar nichts.“ Silvanias

Stimme zitterte. „Vielleicht machen sie nur einen Ausflug. Genau wie wir."

„Genau. Ein Mitternachtspicknick auf dem Knochenhügel", sagte Daka.

„Und was wollen sie picknicken?" Helenes Blick glitt ängstlich über ihre Freunde und schließlich an sich selbst herab.

„Gumox!", meinte Silvania schnell. „Seit wann fressen Fledermäuse Menschen?"

„Oder Halbvampire", fügte Daka hinzu.

„Seit wann sind Fledermäuse so groß wie Gorillas?", wandte Ludo ein.

„Auf jeden Fall sollten wir keine hektischen Bewegungen machen", flüsterte Helene. „Das verschreckt die meisten Tiere. Sie bekommen dann Panik, stürmen wild drauflos und meinen, sich verteidigen zu müssen. Habe ich mal in irgendeiner Tiersendung gesehen."

„Kamen darin auch milchäugige Riesenfledermäuse vor?", fragte Daka.

Helene sah ihre Freundin verwirrt an.

„Wir müssen versuchen, mit ihnen zu reden. Vielleicht haben sie sich nur verflogen", schlug Silvania vor. Sie hatte großes Vertrauen in die Macht der Wörter. Immerhin versetzte sie ein Buch Woche für Woche in eine andere Welt – wenn das keine Macht war.

„Lieber mit ihnen reden, als ihnen die Kralle schütteln", fand Helene.

„Fang du an", forderte Daka ihre Schwester auf.

„Wieso ich?", fragte Silvania.

„Du hast es vorgeschlagen. Außerdem kannst du gut reden“, erwiderte Daka.

„Aber du hast ein Haustier. Du kannst besser mit Tieren umgehen“, sagte Silvania.

Ludo räusperte sich. „Ich rede mit ihnen.“

Helene, Silvania und Daka sahen mit großen Augen zu Ludo, der aufstand. Ganz langsam wie ein alter Fahrstuhl. Er strich sich die feuchten Hände an der Hose ab, holte Luft und begann: „Hallo, Sie Fledermäuse da! Können wir Ihnen irgendwie helfen? Haben Sie sich verflogen?“

Die vier starrten nach oben.

Die Fledermonster kreisten unbeirrt über dem Gipfel des Knochenhügels. Ihre trüben Augen sahen stumm in die Nacht.

„Vielleicht verstehen sie kein Deutsch“, flüsterte Silvania.

„Ich versuche es auf Vampwanisch“, beschloss Daka und stand ebenfalls langsam auf. Sie wollte die Fledermonster nicht durch eine hektische Bewegung verschrecken. Außerdem waren ihre Beine weich wie Schweinskopfsülze. „Hoi, flatliaci! Tschemu jobjei fuglut om hugla sterpel?“

Helene zupfte an Dakas kurzem schwarzem Rock. „Was hast du zu ihnen gesagt?“

„Ich habe sie gefragt, warum sie um den Knochenhügel herumfliegen.“

Doch keine der Riesenfledermäuse antwortete. Sie kreisten um den toten Baum. Eine der Fledermäuse hob kurz eine Fußkralle und stieß eine grünlich gelbliche Wolke aus.

Daka, Silvania, Helene und Ludo hielten sich die Nase zu.

„Vielleicht mögen sie kein Vampwanisch", sagte Silvania, nachdem die Luft sich wieder gebessert hatte. „Ich versuche es auf Englisch. Das spricht heutzutage fast jeder." Silvania blieb sitzen. Nur zur Sicherheit. Sie wollte keinen Zentimeter näher an diese unheimlichen Wesen heran. Silvania drückte den Rücken durch und reckte den Kopf gen Himmel. „Good midnight, my dear flying mice … ähm, ich meine, my dear bats. Why are you flying around the bone-hill? Can we help you?"

Silvania war sich sicher, dass ihr Englisch-Nachhilfelehrer Jacob stolz auf sie gewesen wäre. Die gigantischen Fledermäuse hingegen waren weniger beeindruckt.

Helene versuchte es danach auf Französisch. Ludo auf Spanisch, Russisch und Kroatisch. Keine Reaktion. Entweder, sie verstanden die Kinder wirklich nicht, oder sie wollten nicht mit ihnen reden.

Die Fledermonster reagierten nicht auf die Fragen. Aber sie schienen untereinander zu kommunizieren. Ludo, Daka, Silvania und Helene spürten es deutlich – etwas ging da oben vor. Die Abstände zwischen den gespenstischen Schreien, die die Fledermäuse ausstießen, wurden immer kürzer. Die Schreie wurden immer schärfer. Immer öfter bewegten die Fledermäuse ihre gewaltigen Schwingen, flogen immer schneller. Sie hatten die Haifischflossenohren aufgestellt, die Krallen ausgestreckt.

Daka, Silvania, Helene und Ludo rückten unwillkürlich immer näher an den toten Baum auf dem Gipfel des Knochenhügels heran. Als könnten seine kargen Äste ihnen Schutz bieten. Sie blickten unablässig nach oben, während ihnen von den Füßen her die Angst langsam über den Körper kroch wie ein feiner, lähmender Nebel.

Auf einmal spürte Ludo einen Lufthauch, so eiskalt, als käme er direkt von der Arktis. Er glitt an seinen Armen hinauf, streifte seinen Hals, kroch ihm hinter die Ohren, zog und zerrte an ihm. Der Geist war zurückgekehrt. Ausgerechnet jetzt! Wo ein paar Meter über Ludos Kopf fünf Riesenfledermäuse kreisten. Da konnte er einen Geist nun wirklich gar nicht gebrauchen.

Ludo fuhr sich mit der flachen Hand über die Ohren und den Nacken, versuchte den Geist zu verscheuchen. „Verschwinde!“, zischte er.

Helene, die direkt neben Ludo stand, sah ihn mit großen Augen an. „Meinst du mich?“

Ludo blieb keine Zeit zum Antworten. Er hörte gerade noch einen ohrenbetäubenden Schrei, den alle Fledermäuse zusammen ausstießen, dann sah er sie herabstürzen, die Schwingen eingezogen, wie zu riesigen schwarzen Speeren zusammengeschmolzen. Sie hatten die Ohren nach vorne aufgestellt. Erst jetzt erkannte Ludo die feinen, messerscharfen Häkchen an deren Rändern. Die Fledermonster rissen die Mäuler auf, ihre gelblich weißen Zähne schossen wie Schmetterlingsmesser heran.

Ludo war wie gelähmt vor Todesangst. Als Einziger blieb er stehen, reglos wie der tote Baum.

Silvania flopste sich in den hohlen Baumstamm, nur eine Sekunde, bevor sie eine der scharfen Fledermauskrallen mit sich riss. Daka griff blindlings nach einer Waffe. Sie erwischte die Wackelpuddingspinne und schleuderte sie der erstbesten Riesenfledermaus entgegen. Diese verschlang den Pudding mit einem Bissen, spuckte die silberne Schüssel wieder aus und stürzte sich mit weit aufgerissenem Maul auf Daka.

„FUMPFS!“ Daka flog in letzter Sekunde zur Seite.

Die Zähne der Riesenfledermaus schlugen mit einem HACKS zu und verfehlten Dakas Kopf nur um Haarstachelbreite.

Dakas Herz raste so schnell, dass kein Trommelwirbel von *Krypton Krax* mitgekommen wäre.

Eines der Fledermonster flog wie ein Pfeil auf Helene zu. Sie hatte sich am Boden zusammengekauert und hielt sich schützend die Hände über den Kopf. Sie sah aus wie eine Schildkröte. Nur nicht ganz so alt.

Das Fledermonster streckte seine gewaltigen Krallen nach Helenes Rücken aus. Nur noch wenige Zentimeter, dann würde Helene von den Krallen der Riesenfledermaus gepackt werden.

In dem Moment spürte Ludo, der noch immer wie ein Knochenmann auf dem Gipfel stand, einen eiskalten Luftzug. Es war nicht mehr der Hauch, den er bereits kannte, es war ein Orkan von enormer Kraft. Er stieß Ludo einfach um, direkt auf Helenes Rücken.

Helene schrie. Sie dachte, ein Fledermonster wäre auf ihrem Rücken gelandet.

Ludo schrie. Er spürte die Krallen des Fledermonsters auf seinem Rücken. Wie Sicherheitsgurte in einer Achterbahn legten sich die Krallen um seine Schultern. Bevor Ludo sich umdrehen, weglaufen oder nach der Riesenfledermaus schlagen konnte, wurde er in die Luft gehoben. Seine Arme und Beine baumelten, als wäre er eine Marionette.

Helene hatte sich zu Ludo umgedreht. Ihr Gesicht war knochenweiß, ihre Augen flimmerten vor Entsetzen. „LUUUDDDOOO!“ Helene streckte die Hand nach seinem Fuß aus. Sie reckte sich. Sie sprang. Vergebens.

Das Flugmonster erhob sich mit Ludo in die Lüfte.

Ludo sah, wie Helene unter ihm immer kleiner wurde. Er sah den toten Baum, aus dessen Stamm jetzt Silvania trat und mit offenem Mund zum Himmel sah. Er sah Daka, die sich den Kopf rieb, mit dem sie gegen einen Ast geflogen war. Bald waren die drei Freundinnen nur noch so groß wie Ameisen. Der tote Baum sah aus wie ein zersplitterter Zahnstocher, den jemand in eine Melone gesteckt hatte.

Erst jetzt bemerkte Ludo, dass er nicht alleine mit dem Fledermonster war. Allerdings war das alles andere als beruhigend. Vor und hinter ihm flogen links und rechts die anderen Riesenfledermäuse. Sie hatten sich wie eine Fünf auf einem Würfel formiert. Ihre milchigen Augen starrten ausdruckslos in die Nacht. Ludo musste an Roboter denken, die einen

Befehl ausführten und durch nichts davon abzubringen waren.

Ludo sah die Welt unter sich immer kleiner werden. Oder war er es, der immer kleiner wurde? Er sah auf seine Hände und auf seine Beine, die vergeblich in die Luft traten. Er sah unter sich. Nichts, nichts, nichts. Nur Luft. Kilometerweit Luft. Erst jetzt wurde Ludo eins bewusst: Er flog.

Doch dieses Mal war es kein Traum.

Ludo für alle, alle für Ludo

Daka rieb sich noch immer den Kopf. Obwohl der Baum tot war, waren seine Äste noch ganz schön widerspenstig. Unter ihren schwarzen Haarstacheln spürte Daka eine Beule, groß wie eine Knoblauchzehe. „Aij!“, stöhnte sie. „Kann mir jemand von euch mal auf den Kopf spucken?“

Helene und Silvania reagierten wie ein Bügelbrett, mit dem man redet. Gar nicht. Sie standen einfach nur da, starrten mit offenem Mund in den Himmel, die Augen irre vor Panik.

Daka stand auf. „Was ist los? Hab ich was verpasst? Wo sind die Riesenfledderflieger?“ Erst da folgte Daka dem Blick der anderen und sah zum Himmel. Sie sah, wie die Riesenfledermäuse weit oben über dem Knochenhügel eine Runde drehten, bevor sie Richtung Stadt schwenkten. An den Krallen der mittleren Fledermaus hing etwas. Wäre es eine normale Fledermaus von normaler Größe gewesen, hätte es eine Motte sein können. Aber es war eine Riesenfledermaus und das, was dort an ihren Krallen hing, war keine Motte, sondern ein Mensch. Ein Mensch, den Daka nicht nur kannte, sondern auch sehr mochte. „LUUUDDDOOO!“, schrie sie, nahm drei Schritte Anlauf und hob vom Boden ab. Daka wollte den Bestien hinterher, sie einholen, ihnen Ludo aus den Krallen reißen und …

Doch sie kam nicht weit. Etwas Hartnäckiges und Schweres hing auf einmal an ihrem linken Bein. Es war ihre Schwester.

Daka versuchte Silvania abzuschütteln. „Lass das! Komm lieber mit. Wir müssen Ludo retten!“

Silvania dachte gar nicht daran, das Bein ihrer Schwester loszulassen. Sie umklammerte es mit beiden Armen und zog sie mit ihrem ganzen Gewicht nach unten. Da Silvania etwas schwerer als Daka war und außerdem noch dicker angezogen, landeten die Zwillingsschwestern kurz darauf wieder auf dem Gipfel des Knochenhügels.

„Was soll das? Wir müssen Ludo retten, und zwar rapedadi!“, rief Daka. Vor Zorn, Hast und Angst bebten ihre Nasenflügel.

„Aber doch nicht so!“, protestierte Silvania. „Wir können nicht einfach diesen Riesenmonstern hinterherfliegen. Was sollen wir denn alleine gegen sie ausrichten? Dann packen sie uns auch noch mit ihren Krallen und wir können Ludo gar nicht mehr helfen.“

„Was willst du denn machen? Einfach hier herumstehen und warten, bis sie Ludo zurückbringen?“ Daka hatte die Arme in die Hüften gestemmt.

„Gumox. Wir müssen Hilfe holen“, erwiderte Silvania. Sie hatte es oft genug in Filmen gesehen und in Büchern gelesen: Jemand wollte den Retter spielen, auf eigene Faust hinter den Bösewichten her, und *schwups*, war er auch in ihren Fängen gelandet.

„Bis wir mit der Hilfe hier sind, sind die Riesenfledermäuse längst mit Ludo verschwunden", sagte Daka. „Wir müssen ihnen folgen, und zwar SOFORT!" Daka hatte bereits wieder zehn Zentimeter vom Boden abgehoben.

Silvania sah Hilfe suchend zu Helene.

„Warte, Daka", rief Helene.

Daka blieb in der Luft stehen.

„Ihr habt beide recht. Wir müssen den Riesenfledermäusen folgen, damit wir wissen, wohin sie Ludo bringen. Und dann müssen wir Hilfe holen", sagte Helene.

„*WIR* müssen ihnen folgen?" Silvania sah Helene mit fragenden Augen an.

„Wir können Daka nicht alleine hinterherfliegen lassen. Du fliegst mit. Und ich auch. Ich bleibe doch nicht alleine mitten in der Nacht auf dem Knochenhügel sitzen." Helenes Pupillen wanderten nervös nach links und rechts.

Daka sah, wie die Riesenfledermäuse und Ludo am Horizont immer kleiner wurden. „Können wir endlich abheben?" Nichts gegen die Macht der Wörter, fand Daka, aber manchmal waren Taten einfach angesagter.

Helene stülpte sich die silberne Wackelpuddingschüssel als Helm über den Kopf. Sie war vom Aufprall auf dem Boden etwas verbeult.

Silvania zögerte einen Moment. Sie wäre lieber nach Hause geflogen. Oder zur Polizei. Aber Helene hatte recht. Was hätte das gebracht? Zu Hause war nur ihre Mutter. Sie konnte viele Sachen gut. Zum Beispiel Klodeckel bemalen. Aber sie konnte ihnen nicht dabei helfen, Ludo aus den Krallen einer Riesenfledermaus zu befreien. Und hätten sie der Polizei von den fünf Riesenfledermäusen berichtet, hätte man sie wahrscheinlich wegen mutwilliger Verbreitung groben Unfugs verhaftet. Wollten sie Ludo helfen, musste sie die Sache selbst in die Hand nehmen.

Silvania nahm den Rucksack, in dem sie die Wackelpuddingspinne hatten. Sie stellte die Träger so weit es ging. Dann hängte sie ihrer Schwester einen Träger über den Kopf und sich selbst den anderen.

Helene war zu groß, um sich in den Rucksack hineinzuzwängen. Sie legte sich auf den Rucksack und zurrte den Brustgurt und den Hüftgurt um sich fest. Dann klopfte sie sich kurz auf den silbernen Helm. „Ready for take-off!", rief sie und klammerte sich mit beiden Armen um den Rucksack.

Daka und Silvania nickten sich zu wie zwei Piloten in der Flugzeugkanzel. „ONU, ZOI, TROSCH!"

Kurz darauf erhoben sich zwei Halbvampire, ein Mensch, ein Rucksack und eine Puddingschüssel in den Nachthimmel am nördlichen Rand von Bindburg.

Nächtliche Entzugserscheinungen

Armin Schenkel öffnete leise die Wohnungstür und trat in den Vorgarten des Reihenhauses Nummer 24 im Lindenweg. Er griff in die Innentasche seiner Jacke, die er über den karierten Schlafanzug gezogen hatte. Als seine Finger die Zigarettenschachtel ertasteten, wackelte er mit dem großen Zeh. Seine nackten Füße steckten in Hausschlappen. Er zog die Schachtel aus der Jackentasche, öffnete den Klappdeckel, angelte sich eine Zigarette und das Feuerzeug heraus.

Armin Schenkel hatte seiner Frau Janina zu ihrem dreißigsten Geburtstag eine Ballonfahrt geschenkt. In den luftigen Höhen hatte er ihr versprochen, mit dem Rauchen aufzuhören. Das hatte er auch getan. Zumindest tagsüber. Er fand ja selbst, dass Zigaretten stanken, hässliche gelbe Finger, schrumpelige Haut und krank machten. Trotzdem – wenn er nachts nicht schlafen konnte, packte es ihn. Dann musste er raus. Dann pfiff seine Lunge. So wie in dieser Nacht.

Das Feuerzeug leuchtete drei Sekunden auf, als sich Armin Schenkel seine Zigarette anzündete. Danach war im Vorgarten des Reihenhauses nur noch ein kleiner glimmender orangegelber Punkt zu sehen. Wie ein einsames Glühwürmchen, das sich verirrt hatte. Armin Schenkel zog hastig an der Zigarette und schielte nach oben zum Schlafzimmerfenster. Einen Moment lang hatte er das Gefühl, statt Hausschlappen Turnschuhe anzuhaben. Statt einem karierten Schlafanzug Jeans und T-Shirt. Statt Bartstoppeln Pickel am Kinn. Und statt der kurzen, akkurat geschnittenen Frisur hatte er halblange, sorgfältig zerzauste Haare. Einen Moment lang war er wieder fünfzehn. Es war ein seltsam verwirrendes Gefühl. Schön und traurig zugleich.

Im Schlafzimmer der Schenkels war alles dunkel. Janina schlief. So, wie die meisten Bewohner der Reihenhaussieldung. Armin Schenkel sah zum Haus gegenüber. Dort war vor ein paar Wochen eine Familie aus Rumänien eingezogen. Tepes hießen sie und hatten zwei Töchter. Zweieiige Zwillinge. Verschiedener, fand Armin Schenkel, konnten Zwillinge nicht sein.

Janina hatte ein bisschen Angst vor Herrn Tepes. Er hatte sie einmal mitten auf der Straße angegrunzt. Linus, ihr vierjährigen Sohn, war dabei gewesen. Ihm hatte das Grunzen gefallen. Sehr gut sogar. Er hat einen ganzen Tag lang nur noch gegrunzt. Armin fand die Familie Tepes einfach irgendwie … anders. Aber das war kein Wunder, schließlich kamen sie aus einem anderen Land.

Armin Schenkel stieß den blauen Rauch durch die Nasenlöcher aus. Wie ein gefährlicher Drache. In einem karierten Schlafanzug. Mit Hausschlappen. Er sah den kleinen Wölkchen nach, wie sie nach oben in den Nachthimmel stiegen. Langsam löste sich der blaue Rauch auf und ließ am Himmel etwas sichtbar werden. Erst dachte Armin Schenkel, es wäre ein Schwarm großer Vögel. Dann dachte er, es wäre ein Flugzeuggeschwader, das unbeleuchtet und lautlos durch die Nacht glitt, womöglich vom Geheimdienst. Und schließlich dachte er, es wären fünf Fledermäuse, groß wie Autos. An einer der Fledermäuse hing etwas. Es sah aus wie ein kleiner Mensch.

Armin Schenkel bekam einen Hustenanfall.

Er hielt sich die Faust vor den Mund und krümmte sich. Als er wieder zum Himmel sah, waren die fünf Riesenfledermäuse kaum noch zu sehen, so weit hatten sie sich entfernt. Sie flogen Richtung Großmarkthalle. Etwas flog hinter ihnen her. Armin Schenkel wedelte den Rauch seiner Zigarette weg, um besser sehen zu können. Das zweite unbekannte Flugobjekt sah aus wie ein Gespann aus drei Menschen. Zwei flogen außen, mit den bloßen Armen. Die dritte Person hing in der Mitte zwischen ihnen auf einem Tuch oder irgendeiner Tragevorrichtung. Sie klammerte sich daran fest und hatte einen Helm auf, der fast das ganze Gesicht bedeckte.

Armin Schenkel rieb sich mit Daumen und Zeigefinger die Augen. Er blinzelte mehrmals, zog hastig an der Zigarette, atmete tief ein und bekam einen zweiten Hustenanfall. Nachdem der Husten vorbei und der Rauch verflogen war, ließ Armin Schenkel den Blick sorgfältig und beklommen über den Himmel streifen. Seine Augen wanderten nach rechts ...

Sie wanderten nach links ...

Nach ganz oben ...

Und bis an den Horizont.

Nichts. Am Himmel war nichts zu sehen. Außer den Sachen, die dort hingehörten. Wie Sterne, Mond und ein paar Wolken. Die beiden unbekannten Flugobjekte waren auf genauso magische Art verschwunden, wie sie aufgetaucht waren. Mit dem blauen Dunst waren sie erschienen und damit waren sie auch wieder verflogen.

Armin Schenkel sah noch einen Moment auf den Himmel, dann auf die Zigarette in seiner Hand und schüttelte den Kopf. Janina hatte recht. Er sollte aufhören mit dem Zeug. Rauchen benebelte nur die Sinne. Und die vielen Fantasyromane, die er las.

Armin Schenkel warf die Zigarette zu Boden und trat sie entschlossen aus, als würde er einen grausamen Feind ausmerzen. Von jetzt an gab es nur noch Möhrchen und Liebesgedichte.

Ludo sieht schwarz

Er wusste nicht, wie lange sie schon flogen. Es hätte eine Sekunde oder ein Jahr sein können. Ludo hatte jegliches Gefühl für Zeit und Entfernungen verloren. Er kannte nur noch ein Gefühl: Angst. Wo brachten ihn die Riesenfledermäuse hin? Was hatten sie vor? Würde er seine Freundinnen und seine Familie jemals wiedersehen?

Selbst, wenn Ludo den Mut und die Stimme zum Sprechen gefunden hätte – er wusste, dass diese gigantischen, unheimlichen Wesen nicht mit sich reden lassen würden. In keiner Sprache der Welt. Und er wusste, dass jede Gegenwehr zwecklos war. Was sollte Ludo, der noch nicht einmal besonders kräftig war, gegen fünf Riesenfledermäuse ausrichten? Fünf Ludos hätten diese Monster der Lüfte nicht vertreiben können. Und selbst wenn – Hunderte von Metern über der Erdoberfläche war sicherlich nicht der beste Ort, um einen Kampf anzuzetteln.

Es gab nur eins, was Ludo tun konnte: den Fledermäusen voraus sein. Wissen, was als Nächstes geschah. Ludo musste hellsehen.

Obwohl Ludo am ganzen Körper zitterte, obwohl es ihm beim Blick nach unten die Kehle zuschnürte, obwohl sein Herz zum Eisklumpen gefror, wenn er an die Krallen um seine Schultern dachte, versuchte er sich zu konzentrieren. Er blies die Backen auf, schloss die Augen, öffnete sie wieder, schnaufte. Er presste die Zunge gegen den Gaumen, die Zähne aufeinander, verdrehte die Augen.

Eigentlich, dachte Ludo, müsste hier oben doch ein guter Empfang für die Bilder der Zukunft sein. Aber so sehr Ludo auch seine übernatürlichen Antennen ausrichtete, er sah nur ein graues Flimmern. Sendeschluss.

Plötzlich hörte Ludo ein Donnern. Es war ganz in der Nähe, als befände er sich im Zentrum eines Gewitters. Es donnerte abermals. Direkt über ihm. Das Donnern kam aus dem gigantischen Bauch der Fledermaus, in deren Krallen Ludo hing. Bevor Ludo auch nur den Kopf senken, die Augen schließen oder sich ganz und gar die Nase zuhalten konnte, geschah es. Aus dem Hinterteil der Riesenfledermaus kam mit einem lauten PRÖLLGRÖLLTRÖT eine grünlich gelbe Wolke. Die Wolke hüllte Ludo ein. Ludo blieb noch zwei Sekunden bei Bewusstsein. Dann sah er schwarz.

Ein grottenschlechtes Gefühl

Mihai Tepes saß auf der dunklen Terrasse hinter dem Reihenhaus. Er nippte genüsslich an dem Kaffee, den er sich meistens nach der Nachtschicht genehmigte. Er zog eine Ampulle aus der Mantelinnentasche und gab einen Schuss Blut in den Kaffee. Er trank ihn nie schwarz. Oder ganz und gar mit Zucker.

Wie immer, wenn er von der Nachtschicht kam, lag die Reihenhaussiedlung noch im Schlaf. Mihai Tepes würde wohl nie verstehen, wie Menschen die Nacht ungenutzt verstreichen lassen konnten, sie einfach verschliefen. Sie wussten gar nicht, was sie versäumten – eine wunderbare tiefschwarze, schummrig-schöne Welt. Aber nein, die Menschen setzten sich lieber stundenlang dem Sonnenlicht aus. Und dann wunderten sie sich, dass sie schrumpelig und niemals auch nur lächerliche dreihundert Jahre alt wurden.

Im Wohnzimmer des Reihenhauses nebenan brannte allerdings Licht. Wenn Mihai Tepes sich etwas vorbeugte, konnte er von der Terrasse aus seinen Nachbarn Dirk van Kombast sehen. Anscheinend war er frühzeitig aus dem rumänischen Gefängnis entlassen worden. Mit dicken Kopfhörern auf den Ohren lag er auf der Couch. Er hatte die Augen zu, doch Herr Tepes sah genau, dass er ab und zu blinzelte. Er prostete dem Nachbarn mit der Kaffeetasse zu, woraufhin dieser die Augen noch fester zukniff.

Dirk van Kombast war ein seltsamer Nachbar. Ein neugieriger Nachbar. Vielleicht sogar ein gefährlicher Nachbar. Aber da war sich Herr Tepes noch nicht ganz sicher. Immerhin war er ein Nachbar, der nachts nicht schlief wie die meisten Menschen. Das, fand Herr Tepes, war eigentlich sympathisch. Vielleicht sollte er Dirk van Kombast einmal fragen, ob er mit ihm im Keller Rennzeckenrennen veranstalten und wetten wollte.

Doch im Moment hatte Mihai Tepes andere, viel größere Sorgen, als einen neuen Wettpartner zu finden. Er lehnte sich im Liegestuhl zurück und sah in den Himmel, der über dem nördlichen Rand der Großstadt eine dichte dunkelblaue Haube bildete. Allerdings sah Mihai Tepes keine Haube, als er jetzt auf den Himmel blickte, sondern einen großen leeren Kühlschrank. Einen Laborkühlschrank. Das Schreckensbild der heutigen Nachtschicht ging ihm einfach nicht aus dem Kopf. Genauso wenig verschwanden das grottenschlechte Gefühl aus seinem Magen und die nebelhafte Vermutung, bei der sich seine Eckzähne vor Schreck verbogen, wenn er an die Diebe der Blutproben dachte.

Kurz vor Ende seiner Nachtschicht hatte Mihai Tepes schweren Herzens Prof. Dr. Dr. h. c. Dobelhammer angerufen. Im Institut war allgemein bekannt, dass man den Chef bis neun Uhr abends und ab drei Uhr morgens anrufen konnte. Prof. Dr. Dr.

h. c. Dobelhammer war ein Extrem-Frühaufsteher. Außerdem zählte er zu den Menschen, die mit sehr wenig Schlaf auskamen. Es kam auch schon mal vor, dass er vergaß zu schlafen.

Als ihn sein neuer Mitarbeiter kurz nach drei anrief, saß er gerade auf dem Hometrainer und schlürfte ein rohes Ei. Mihai Tepes erklärte seinem Chef so ruhig wie möglich, dass jemand die gesamten Blutproben aus dem rechtsmedizinischen Institut gestohlen hatte. Prof. Dr. Dr. h. c. Dobelhammer rutschte vor Schreck vom Hometrainer. Als er sich wieder gefangen hatte, gab er Mihai Tepes verschiedene Anweisungen und alarmierte selbst die Polizei. Herr Tepes, der uniformierte Menschen noch unheimlicher fand als normale Menschen, gab der Polizei nur widerwillig Auskunft. Außerdem war er sich ziemlich sicher, dass die Polizei die Diebe niemals finden würde.

Eigentlich, überlegte Mihai Tepes, als er jetzt den letzten Schluck Kaffee trank, konnten sie nur hoffen, dass die Diebe sich niemals wieder blicken lassen würden. Denn Diebe mit solchen Krallen, wie er sie an der Fensterscheibe gesehen hatte, würden sich niemals festnehmen, anklagen oder bestrafen lassen.

„Potztausend! Mihai, *da* bist du!“ Elvira Tepes trat auf die Terrasse.

Mihai Tepes ließ sofort die Kaffeetasse stehen, flog auf seine Frau zu, umarmte sie und gab ihr einen Kuss, bei dem ihr sein Lakritzschnauzer in den Ohren kitzelte.

„Mihai!“ Elvira spielte nervös an ihren Ohrringen. „Ich habe ein grottenschlechtes Gefühl.“

Mihai sah seine Frau erstaunt an. „Du auch?“

„Daka und Silvania sind immer noch nicht von der Nachtwanderung zurück.“

„WAS? Sie hängen nicht in ihrem Zimmer und schlafen?“

Elvira schüttelte den Kopf. „Bitte, flieg zum Knochenhügel und sieh nach, was passiert ist.“

Mihai nickte sofort. Er sah die Sorge in den nachtblauen Augen seiner Frau. Es kam nur selten vor, dass sie ihn zum Fliegen aufforderte. Vor allem, seit sie nach Deutschland gezogen waren. Er schlug den Kragen seines Mantels hoch, gab Elvira einen weiteren kitzelnden Kuss zum Abschied und hob nach drei Schritten Anlauf von der Terrasse ab.

„Boi fugli!“, rief ihm seine Frau nach.

Mihai Tepes’ Augen wurden zu Schlitzen, während er die Nachtlandschaft unter sich nach vier Kindern absuchte. Er hoffte, dass es ihnen gut ging. Vielleicht hatten sie beim Mitternachtspicknicken nur die Zeit vergessen. Oder fanden es so toll auf dem Knochenhügel, dass sie gar nicht mehr nach Hause wollten. Vor allem aber hoffte Mihai Tepes eins: dass das Ausbleiben seiner Töchter und ihrer Freunde nichts mit dem Diebstahl der Blutproben und den unheilvollen Spuren am Institutsfenster zu tun hatte.

Kaltes Erwachen

Langsam kam Ludo wieder zu sich. Als würde er aus den Tiefen eines langen, festen Schlafes auftauchen. Ihm war nicht mehr schwarz vor Augen, sondern dunkelgrün. Das konnte man als Verbesserung ansehen.

Es gab noch eine andere Verbesserung: Ludo spürte Boden unter den Füßen. Oder zumindest etwas Festes. Er rollte die Schultern. Die kräftigen Krallen, die ihn umklammert hatten, waren verschwunden.

Ludo griff mit klammen Händen nach dem Dunkelgrün vor seinen Augen. Er hielt es ein Stück von seinem Gesicht weg und sah auf ein langes grünes Etwas. Es war eine Gurke. Er ließ die Gurke sinken und sah nach unten. Dort war alles gelb. Er hatte keinen Boden, sondern einen Berg Maiskolben unter den Füßen.

Ludo kratzte sich am Kopf, wobei ein Gartensalat nach unten kullerte. Er sah dem Salat nach, der vor einer Kiste mit grünen Bohnen zum Liegen kam. Wo hatten ihn die Riesenfledermäuse hingebracht? In einen Obst- und Gemüseladen? In die Vorratskammer eines vegetarischen Restaurants? Oder war das ganze Gemüse nur die Beilage, mit der die Fledermonster ihre menschliche Hauptspeise garniert hatten?

Ludo ließ den Blick langsam durch den Raum schweifen. Überall standen Regale und Kisten voller Gemüse. Der Raum war groß, hatte aber keine Fenster. Die Wände waren weiß gefliest. Es gab nur eine Tür. Sie war groß und weiß und, wie Ludo nach mehrmaligem Ziehen feststellte, abgeschlossen.

Ratlos setzte Ludo sich auf eine Kiste Kohlrabi. Was sollte er jetzt tun? Er hatte kein Handy (Ludo hatte die Befürchtung, dass ihn die Geister sonst auch noch anriefen oder ihm rätselhafte SMS schrieben). Selbst wenn er ein Handy gehabt hätte – er hatte keine Ahnung, wo er war. Natürlich könnte er gegen die Wände oder die Tür trommeln und lautstark um Hilfe rufen. Aber der Raum war gut isoliert. Und vermutlich saßen, beziehungsweise hingen, davor fünf Riesenfledermäuse. Die wollte er lieber nicht aufschrecken.

Ludo spielte mit einem Faden an seiner Hosennaht und starrte gedankenverloren vor sich hin. Erst da bemerkte er sie – die Kälte. Sie kroch ihm in die Hosenbeine, unter das T-Shirt und in den Nacken. Mit Entsetzen begriff Ludo: Dieser Raum voller Gemüse war weder ein Laden noch eine Vorratskammer. Es war eine Kühlhalle.

Ein Kribbeln stieg Ludo in die Nase. Er kniff die Augen zu, verzog den Mund und nieste kräftig. Seine Augen tränten. Seine Nase lief. Ihm schwirrte der Kopf. Ludo wusste im Moment nicht viel. Nur eins war klar: Er musste hier raus, bevor seine Haut genau so eine Farbe annahm wie das Blaukraut in den Regalen.

Erschütternde Erkenntnisse

Der Knochenhügel lag verlassen im Mondlicht. Herr Tepes stand auf dem Gipfel und kniete vor ein paar wabbeligen schwarzen Klecksen. Das war das Einzige, was von den Mitternachtspicknickern übrig geblieben war. In einem der Kleckse steckte ein Stachel. Er war so lang wie ein Streichholz und so spitz wie ein Piranhazahn. Allerdings war der Stachel nicht weiß, sondern schwarz. Er hatte bei genauerem Hinsehen feine rote Punkte – wie Sommersprossen.

Mihai Tepes zog den Stachel aus dem Stück Wackelpudding und hielt ihn sich dicht vor die Augen. Auf seiner Stirn erschienen mehrere tiefe Falten. Seine Hand begann zu zittern. Beinahe verlor er die Kontrolle über sie. Seine schlimmsten Befürchtungen schienen sich zu bewahrheiten. „Was habt ihr mit ihnen angestellt, ihr Monster?“, presste er durch die Zähne hindurch. Doch es brachte nichts, auf einem einsamen Hügel zu stehen und Flüche auszustoßen, die keiner hörte.

Mihai Tepes versuchte sich zusammenzunehmen und seine Wut zu bändigen. Das fiel ihm nie leicht. Aber heute war es besonders schwer. Mit zitternder Hand steckte er den Stachel in die Manteltasche. Er warf einen letzten Blick auf den Knochenhügel, dann rannte er ein Stück den Hang hinab und erhob sich mit weit ausgebreiteten Armen in die Nachtluft. Seine Arme zuckten so sehr vor Angst und Wut, dass er immer wieder in gefährliche Schieflage geriet. Wenn man ihn sah, konnte man meinen, er hätte erst gestern das Fliegen erlernt und nicht vor Tausenden von Jahren.

Herr Tepes flog zurück zur Reihenhaussiedlung. Er musste seine Frau in seine Vermutungen einweihen. Obwohl er ihr das lieber erspart hätte. Aber wenn ihre Töchter in Gefahr waren, gab es nur eins, was Elvira noch schlimmer fand: wenn sie nichts davon wusste.

Bald hatte Mihai Tepes die ersten Häuser der Reihenhaussiedlung erreicht. Noch immer lag die Siedlung im Dunkeln. Nur ein paar Straßenlaternen brannten müde. Mihai setzte zum Landeanflug an. Er wollte die letzten Meter auf dem Lindenweg so dicht über den Erdboden entlangrasen, so, dass sein Lakritzschnauzer nur haarscharf über dem Beton zischte. In letzter Sekunde bemerkte er im Vorgarten gegenüber aus den Augenwinkeln eine Gestalt.

Herr Tepes bremste sofort ab. Seine Handflächen brannten und seine Schuhsohlen qualmten. Zum Glück quietschte er nicht. Er blieb noch eine Zehntelsekunde in der Luft stehen, dann legte er …

KLAPP …

die Arme an und …

FLUPP …

stand mitten auf dem Lindenweg.

In dem Moment drehte sich Armin Schenkel zu ihm um. Er sah seinen Nachbarn erstaunt an.

„Boi motra … ich meine, guten Morgen, Herr Nachbar!“ Mihai Tepes lächelte breit. Aber nicht so breit, dass der Nachbar seine spitzen Eckzähne sehen konnte. Elvira Tepes hatte ihrem Mann erklärt, dass sie auf gute nachbarschaftliche Verhältnisse Wert legte und er bitte schön niemanden verschrecken und erst recht nicht aussaugen sollte. Zumindest nicht gleich in den ersten Wochen.

Armin Schenkel trat an den Zaun seines Vorgartens und nickte Herrn Tepes zu. „Sie sind aber auch früh unterwegs. Oder spät, wie man es nimmt.“ Dann beugte er sich über den Zaun und fragte leise: „Haben Sie auch Schlafprobleme?“

„Tagsüber nicht. Nur nachts“, erwiderte Herr Tepes. Er schielte zu seinem Reihenhaus. Er hoffte, dass sein Lakritzschnauzer nicht zu sehr vor Ungeduld zitterte.

Armin Schenkel zog die Augenbrauen hoch. „Interessant. Obwohl …“ Er rieb sein Kinn zwischen Daumen und Zeigefinger. „Tagsüber im Büro kann ich auch hervorragend schlafen.“

Mihai Tepes nickte erfreut. Es gab mehr vernünftige Menschen, als ein Vampir dachte.

„Aber der Büroschlaf kann den Nachtschlaf nicht ersetzen“, fuhr Armin Schenkel fort. Er war in Plauderlaune. „Ich fürchte, ich muss einen Schlafexperten aufsuchen. Ich habe schon Wahnvorstellungen und optische Täuschungen aufgrund von Schlafmangel.“

„Ach was“, versuchte Herr Tepes seinen Nachbarn zu beruhigen. Er wollte das Gespräch zu einem schnellen, aber höflichen Abschluss bringen. Notfalls würde er einfach grunzen. „Das bilden Sie sich nur ein."

„Ja, natürlich bilde ich mir das alles nur ein. Es ist ja völlig unmöglich, dass das, was ich sehe, wirklich existiert. Vorhin zum Beispiel, da sind fünf Riesenfledermäuse mit einem Menschen in den Klauen hier entlang und Richtung Großmarkthalle geflogen. Und danach drei Mädchen."

Herr Tepes riss die Augen auf, sein Lakritzschnauzer bebte. Er musste sich zusammenreißen, dass er nicht sofort vom Boden abhob. „Sind Sie sicher?"

Armin Schenkel sah seinen Nachbarn verwirrt an. „Es war eine Wahnvorstellung. Wie soll ich mir da sicher sein?"

„Die Fledermäuse und die Mädchen sind Richtung Großmarkthalle geflogen?"

„Ja, so sah es zumindest aus. Hat das etwas zu bedeuten? Kennen Sie sich zufällig mit optischen Täuschungen aus? Steht die Großmarkthalle für irgendetwas?"

„Für Größenwahn", sagte Herr Tepes, der es jetzt noch eiliger hatte, zu seiner Frau zu kommen. Er gab dem Nachbarn, wie es in Transsilvanien Brauch ist, zum Abschied eine Kopfnuss, bedankte sich für die nette Unterhaltung und verschwand mit wehendem Mantel im Reihenhaus Nummer 23.

Armin Schenkel fuhr sich mit der Hand über die Stelle am Kopf, auf die sein Nachbar eben geklopft hatte. Er sah ihm nach und flüsterte erschüttert: „Größenwahn."

Großmarkt des Schreckens

Zwei Halbvampire, ein Mädchen, ein Rucksack und eine Puddingschüssel kreisten über dem Gelände der Großmarkthallen. Daka, Silvania und Helene hatten gesehen, wie die Riesenfledermäuse mit Ludo in einer der riesigen Hallen verschwunden waren.

„Was machen wir jetzt?“, fragte Helene mit klappernden Zähnen. Der Flugwind in den frühen Morgenstunden war sehr erfrischend.

„Wir holen Hilfe“, antwortete Silvania und wollte bereits abdrehen.

Doch Daka zog von der anderen Seite an der Rucksackschlaufe, die sich die Schwestern jeweils umgehängt hatten. „Wir können Ludo jetzt nicht alleinelassen. Wir müssen erst herausfinden, was sie mit ihm vorhaben.“

Helene nickte.

Silvania seufzte. So toll es auch war, eine richtige menschliche Freundin zu haben – gar nicht toll war, dass man ständig überstimmt wurde. „Na schön. Bereit für den Landeanflug?“

Helene überprüfte den Sitz der Gurte und klammerte sich mit den Armen noch fester an den Rucksack.

„Bitte klappen Sie Ihr Tischchen hoch, bringen Sie die Rückenlehne in aufrechte Position und schnallen

Sie sich an“, sagte Daka, bevor sie im gleichen Moment wie ihre Schwester das Kinn auf die Brust legte, die Arme wie bei einem Kopfsprung nach vorne nahm und auf die Erde zusteuerte.

Fünf Sekunden später landeten die drei Freundinnen butterweich und nahezu geräuschlos neben der Großmarkthalle, in der ihr Freund verschwunden war. Daka und Silvania streiften sich den Rucksack ab. Helene behielt den Schüsselhelm auf. Für alle Fälle. Sollte es doch zum Kampf mit den Fledermonstern kommen, war ein Helm nicht verkehrt.

Vor ein paar Minuten waren die Riesenfledermäuse mit Ludo durch ein graues Tor in die Lagerhalle verschwunden. Durch das Tor hätte ein Elefant gepasst. Daka, Helene und Silvania standen nebeneinander davor. Jede hatte den Kopf zur Seite gedreht und presste ein Ohr an das Tor. Dakas stachelige Haare, Silvanias Gangsterhut und Helenes Schüsselhelm störten ein wenig, trotzdem konnten die Mädchen etwas hören.

„Habt ihr euren Auftrag erfüllt?“, fragte eine Stimme, so tief und unergründlich wie ein alter, verwunschener Brunnen.

Als Antwort erklang mehrstimmiges Gefiepse und Gegrunze.

„Das niederträchtige Menschlein ist also gefangen und gut gekühlt?“, fragte die Brunnenstimme.

Wieder hörte man ein Fiepsen und Grunzen.

„Ihr sollt eure Belohung bekommen.“

Etwas raschelte und klirrte.

„Wer redet da?“, flüsterte Helene.

Silvania zuckte die Schultern. „So eine Stimme habe ich noch nie gehört."

„Das Fiepen und Grunzen kommt bestimmt von den Riesenfledermäusen", meinte Daka.

„Aber wo ist Ludo?" Helene sah die Vampirschwestern besorgt an.

„Ich gucke mir das mal genauer an", sagte Daka.

„Warte! Wo willst du hin?", rief Silvania. Sie wollte Daka am Ärmel festhalten.

Doch sie war zu langsam. Daka hatte sich bereits zu einem kleinen Fenster ums Eck geflopst.

Helene und Silvania steckten die Köpfe um die Hallenecke. Sie sahen, wie sich Daka kopfüber ans Hallendach und vor das Fenster hängte.

Helene war der Helm tief ins Gesicht gerutscht. Ihr Kopf und der Helm zitterten.

„Daka!", zischte Silvania. „Komm zurück. Rapedadi!" Was, wenn Daka vor dem Fenster entdeckt wurde? Wer auch immer dort in der Halle saß – er hatte offenbar fünf Riesenfledermäuse unter seiner Kontrolle und Ludo in seiner Gewalt. Das war kein Mensch, der sich einfach heimlich beobachten ließ. Das war kein Mensch, mit dem man ein heiteres Schwätzchen machen konnte und den man nebenbei mal freundlich fragte, ob er Ludo Schwarzer nicht vielleicht doch einfach wieder freilassen könnte, wo man doch gerade so nett miteinander plauderte. Wer weiß, durchzuckte Silvania der Gedanke, ob es überhaupt ein Mensch war.

Natürlich wollte Silvania Ludo auch aus den Klauen der Riesenfledermäuse befreien. Natürlich wollte Silvania auch mutig sein und für ihren Freund kämpfen. Aber sie wusste auch, wann es besser war, abzuwarten. Ihre Angst sagte es ihr. Und Angst war manchmal etwas sehr Gesundes. Anscheinend lebte Daka, was den Punkt betraf, sehr ungesund. „Dakaria Tepes!", zischte Silvania nochmals, als Daka nicht reagierte. „Komm her. Ich zähle bis drei: onu, zoi, trosch!"

Doch Daka dachte nicht daran, auf ihre Schwester zu hören. Vielleicht hatte sie Silvania auch wirklich nicht gehört, denn sie hatte alles um sich herum ausgeblendet und konzentrierte sich nur noch auf das Geschehen in der Halle.

Durch die stark verschmutzte Fensterscheibe sah sie zunächst nur eins: Gemüse. Daka blinzelte mehrmals, doch die Gurken, Bohnen, Möhrchen, Kohlköpfe und Radieschen verschwanden nicht. Gerade als sie sich fragte, ob es sprechende Kohlköpfe gab, wanderte ihr Blick nach oben. Ihr standen die Haare zu Berge. Nicht nur, weil sie kopfüber hing. Auch nicht, weil sie Bananenschneckenschleimseife im Haar hatte. Was sie sah, war haarsträubend. An einem baumstammdicken Balken, der sich durch die gesamte Hallendecke zog, hingen sie: die fünf gigantischen Monsterfledermäuse. Ihre milchigen Augen glänzten matt und dumpf im gelben Hallenlicht. Sie schoben den Unterkiefer vor und zurück. Ihre mit kurzen schwarzen Stoppeln behaarten Mäuler waren blutverschmiert. Die spitzen Zähne ebenso. Eine der Fledermäuse hielt ein kleines gläsernes Röhrchen mit dem Stummeldaumen fest. Es dauerte ein paar Sekunden, bis Daka einfiel, woran sie dieses Röhrchen erinnerte: an die Blutproben, die ihr Papa immer vom rechtsmedizinischen Institut mit nach Hause brachte. Daka war egal, woher die Fledermonster die Blutproben hatten. Sie betete nur, dass sich in den Röhrchen nicht der abgezapfte Ludo befand.

„Wie ist die Belohung? Habe ich euch zu viel versprochen?“, kam die brunnentiefe Stimme aus der Ecke neben dem Fenster.

So sehr sich Daka auch bemühte, sie konnte nicht in die Ecke sehen.

Die Riesenfledermäuse fiepten und grunzten einhellig.

„Wir müssen uns beraten, was wir mit dem niederträchtigen Menschlein machen“, erklang auf einmal eine andere Stimme, die sich wie ein schlecht geölter Fleischwolf anhörte.

„Erst müssen wir uns stärken“, erwiderte die Brunnenstimme.

Daka nahm zustimmendes Gemurmel wahr. In der Ecke neben dem Fenster saßen mindestens noch zwei andere Personen. Dem Gemurmel nach zu urteilen sogar noch mehr. Womöglich fand in der Halle eine ganze Versammlung von Fledermonsterbesitzern statt.

Silvania hatte recht. Zu dritt konnten sie nichts gegen fünf Riesenfledermäuse und deren Besitzer ausrichten. Daka hoffte, dass Ludo unversehrt in einem der kleineren Kühlräume steckte, die sich im hinteren Bereich an die Halle anschlossen. Sicher war es das Beste, Hilfe zu holen, die Halle zu stürmen und Ludo aus dem Kühlraum zu befreien.

Eins musste Daka aber noch herausfinden: mit wie vielen Gegnern sie es genau zu tun hatten. Sie rutschte mit den Beinen am Dachrand entlang, sodass sie vor der linken Fensterhälfte hing. Dann ging sie mit dem Kopf ganz dicht an die Scheibe heran. Ihre Nase berührte beinahe das Glas. Sie reckte den Hals und sah angestrengt nach rechts. Ihre Augäpfel taten schon weh, so sehr bemühte sie sich, in die Ecke neben dem Fenster zu gucken. Doch bis auf ein Paar spitze schwarze Schuhe, in die Dakas Füße gut und gerne dreimal hineingepasst hätten, konnte sie nichts erkennen. Sie ging noch einen Millimeter dichter ans Fenster heran. Einer ihrer streichholzsteifen Haarstachel berührte die Scheibe. Er machte auf dem Glas ein Geräusch wie ein winziger, einzelner Regentropfen.

Daka erstarrte.

Schnell sah sie zu den Riesenfledermäusen. Sie blickten dumpf und milchig vor sich hin. Dann sah sie zu den spitzen Schuhen in Übergröße. Sie hatten sich nicht von der Stelle gerührt. Daka atmete auf. Sie sah kurz zu Helene und Silvania.

„Was siehst du?“, fragte Helene. Sie selbst sah sehr wenig, da ihr der Schüsselhelm fast bis zur Nase gerutscht war.

Silvania fuchtelte mit einem Arm. „Pumflex, Daka! K-o-m-m e-n-d-l-i-c-h h-e-r!“

Daka nickte. Sie kam ja gleich. Sie warf einen letzten Blick in die Halle. Die Riesenfledermäuse hingen reglos am Balken. Aber etwas war anders. Sie starrten nicht mehr teilnahmslos geradeaus, sondern auf einen bestimmten Punkt. Ein Punkt direkt neben dem Fenster. Direkt neben Daka. Dakas Blick wanderte mit einer entsetzlichen Vorahnung zu den monströsen, spitzen Schuhen. Sie waren weg.

In dem Moment schoss ein Gesicht vor die Fensterscheibe. Es war so groß, dass es das gesamte Fenster ausfüllte. Die Augen glühten rot wie Lava. Von den spitzen Eckzähnen rann Speichel auf die bläulichen Lippen. Aus den gewaltigen Nasenlöchern ragten dichte schwarze Haare, die sich wie Würmer kringelten.

Bevor Daka schreien, flopsen oder auch nur Luft holen konnte, riss die Gestalt mit einer gewaltigen, behaarten Hand das Fenster auf, schnappte sich Daka am Pullikragen und zog sie mit einer schnellen Bewegung in die Halle, als wäre sie ein wehrloses, kleines Radieschen.

Flatliac Kolossos

Und auf dem Knochenhügel gab es keine einzige Spur von ihnen?“ Elvira Tepes stand im Wohnzimmer und sah nach oben zu ihrem Mann.

Seit er vor wenigen Minuten nach Hause gekommen war, flog er unentwegt an der Wohnzimmerdecke hin und her. „Der Nachbar von gegenüber hat gesehen, wie die Kinder und fünf Riesenfledermäuse über die Reihenhaussiedlung und Richtung Großmarkthalle geflogen sind.“

„WAS?“ Elvira ließ vor Schreck das Telefon fallen, mit dem sie gerade die Polizei anrufen wollte.

Mihai landete auf dem Wohnzimmerboden neben seiner Frau. Er holte etwas aus der Tasche und hielt es seiner Frau hin.

„Was ist das? Ein Dorn von einer giftigen Pflanze?“ Elvira fuhr sich durch die Haare. „Mihai, jetzt ist nicht der richtige Zeitpunkt, die heimische Flora und Fauna zu studieren. Wir müssen unsere Kinder retten!“

„Ich habe diesen Stachel auf dem Gipfel des Knochenhügels gefunden. Es ist der Ohrstachel einer Flatliac Kolossos.“

„Einer Riesenfledermaus?“, übersetzte Elvira. Sie konnte nach all den Jahren in Bistrien sehr gut Vampwanisch. „Es gibt sie also wirklich?“

„Ja, aber nur sehr selten und nur in sehr entlegenen Gebieten“, erklärte Mihai und begann wieder, unruhig ein paar Zentimeter über dem Fußboden hin und her zu schweben. „Die Flatliac Kolossos sind eine besondere Züchtung. Sie sind sehr widerstandsfähig, sehr stark und können sehr aggressiv werden, wenn man sie reizt. Wenn man sie allerdings einmal gezähmt hat, sind sie sehr gefügig und gehorchen aufs Wort. In der freien Wildbahn kommen sie so gut wie gar nicht mehr vor. Soweit mir bekannt ist, werden sie nur noch als Haustiere gehalten.“

„Kein Mensch hält sich aggressive Riesenfledermäuse als Haustiere“, sagte Elvira Tepes.

„Nein, kein Mensch“, sagte Herr Tepes. Er blieb kurz vor seiner Frau in der Luft stehen und sah sie ernst an. „Die Flatliac Kolossos sind die Haustiere der Transgiganten.“

Durch Elviras gesamten Körper ging ein Zucken. Sie hatte schon einiges von den Transgiganten gehört. Nicht viel Gutes. Sie waren eine äußerst blutrünstige, angriffslustige und erbarmungslose Vampirart. Vor Millionen von Jahren hatte sie sich abgespalten. Unter den Transgiganten befanden sich die größten und bissigsten Vampire des Universums.

Frau Tepes kannte bis jetzt nur die wenigen Transgiganten, die mehr oder weniger friedlich mit anderen Vampiren in Transsilvanien zusammenlebten. Wie Murdo Dako-Apusenu, in den sich Helene verliebt hatte. Er hatte transgigantisches Blut in den Adern. Aber dadurch, dass sich seine transgigantischen Vorfahren im Verlauf der Jahre immer wieder mit anderen, weniger aggressiven Vampirarten fortgepflanzt hatten, waren seine transgigantischen Eigenschaften geschwächt. Er war zwar noch ein Transgigant, aber ein gemäßigter. Das waren fast alle Transgiganten, die mit anderen Vampirarten zusammenlebten. Die restlichen, die Ur-Transgiganten, hatten sich in die kühlen und entlegenen Gebiete der Erde zurückgezogen. Sie lebten in Gletscherspalten, auf schneebedeckten Bergen oder im ewigen Eis der Pole. Da sie sehr widerstandsfähig waren, machte ihnen die Kälte nichts aus.

„Das würde erklären, warum sie zu den Großmarkthallen geflogen sind", überlegte Frau Tepes laut. „Die sind gut gekühlt."

Herr Tepes' Lakritzschnauzer zitterte vor Aufregung. „Und es würde erklären, wohin die ganzen Blutproben aus dem Laborkühlschrank des rechtsmedizinischen Instituts verschwunden sind."

„Was wollen die Transgiganten in Bindburg?", wunderte sich Elvira Tepes.

„Und was wollen sie von unseren Töchtern. Und von Helene und Ludo?"

„Wahrscheinlich sind sie gerade ganz in ihrer Nähe ..." Elvira Tepes sah ihren Mann mit nordpolweißem Gesicht an. „MIHAI! Wir müssen etwas tun!"

Ein Eimerchen Blut

Daka stand in der Lagerhalle, direkt neben einer Stiege Radieschen. Sie fühlte sich auch wie ein Radieschen. Genauso schutzlos und klein. Aber im Gegensatz zu ihr, die ihr Zittern kaum verbergen konnte, wirkten die Radieschen recht gelassen.

Die Gegner mussten Daka noch nicht einmal fesseln. Wenn man in seinem Rücken fünf gigantische Fledermäuse mit Stacheln an den Ohren hängen hatte und vor sich fünf gigantische Vampire mit rot glühenden Augen, bewegte man sich ganz von alleine nicht mehr vom Fleck.

Die Riesenvampire ließen sich von ihrem neuen Gast nicht stören. Es waren insgesamt fünf. Einer von ihnen flog mit einem Gefäß, das so groß war wie eine Regentonne, vor den anderen entlang und schüttete jedem Vampir einen Eimer voll Blut ein.

Daka starrte auf die Bluteimer. Die Riesenvampire hielten sie wie Plastikbecher in den Händen. Einer der Vampire spaltete mit der Handkante eine Ananas und steckte sie sich auf den Rand des Eimers. Ein anderer ließ einen Eisblock, groß wie ein Schuhkarton, in den Eimer fallen.

Was, fragte sich Daka, würden diese Riesenvampire machen, wenn sie ausgetrunken hatten und Appetit auf einen Nachtisch bekamen? Daka konnte nicht einfach wie ein Radieschen dasitzen und auf ein Wunder warten. Sie musste etwas unternehmen. Sie versuchte, sich an die Ratschläge von Onkel Vlad zu erinnern. Als Kandidat des *Blutigen Einheitsflügels* war er ein echter Kämpfer. Und er hatte Ratschläge für alle Lebenslagen. Einer seiner Leitsprüche war zum Beispiel: Stuhlgang in der Natur ist Hochgenuss pur.

Aber der half Daka gerade nicht weiter. Sie stöberte eine ganze Weile in ihrem Gehirn, bis ihr der passende Vladder (so nannten die Schwestern die Weisheiten von Onkel Vlad insgeheim) einfiel: Frisch und frei gesprochen, wird Angst nicht gerochen.

Der Vladder brachte es mal wieder genau auf den Punkt – die Riesenvampire durften nicht merken, welche Riesenangst Daka vor ihnen hatte. Das würde Daka stark und mutig erscheinen lassen. Zumindest stärker und mutiger, als sie in Wirklichkeit war. Daka drückte den Rücken durch, streckte das Kinn in die Höhe und räusperte sich. „Sagt mal, ihr da drüben, was soll das eigentlich alles? Wieso haltet ihr mich fest? Wir sind schließlich alle Vampire. Alles boibine, oder?" Dakas Stimme klang wie Cowboykaugummi.

Die Riesenvampire blickten von den Bluteimern auf. Einen Moment sahen sie Daka fassungslos an. Dann prusteten sie los. Aber nicht wie eine Gruppe kleiner Kinder auf dem Schulhof, sondern wie gefährliche Gangster, die gerade einen teuflischen Plan ausgeheckt hatten.

Der größte der Vampire, der Daka in die Halle

gezogen hatte, stellte mit einem lauten Knall den Bluteimer ab. Er zeigte mit seinem dicken, behaarten Finger auf Daka. „DU!“, schnaufte er und aus den gewaltigen Nasenlöchern stießen zwei dunkelblaue, übel riechende Wolken. „DU bist nur eine KÜMMERLICHE Variante eines Vampirs!“

Die anderen Vampire grölten.

Einer rülpste.

„WIR sind die EINZIG WAHREN Vampire“, fuhr er fort. „Die einzigen ECHTEN BLUTSAUGENDEN BESTIEN. Wir sind TRANSGIGANTEN!“

„TRANSGIGANTEN – TRANSGIGANTEN – TRANSGIGANTEN!“, brüllten die anderen Vampire und schlugen dazu im Takt mit der Faust auf den Boden.

„Transgiganten?“, flüsterte Daka. Ihr Mund blieb offen stehen und sie sank wieder in sich zusammen.

Einer der Transgiganten sprang auf und rief: „Gebt mir ein TRANS!“

„TRANS!“, brüllten die anderen zurück.

„Gebt mir ein GI!“

„GI!“, riefen die anderen, und einer von ihnen flog dem Transgiganten, der bereits stand, auf den Kopf.

„Gebt mir ein GAN!“, rief dieser.

„GAN!“, grölten die anderen, und einer von ihnen flog zum obersten Vampir und legte sich in der Luft waagerecht neben ihn.

„Gebt mir ein TEN!“, rief der unterste Transgigant.

„TEN!“, brüllten die anderen, und der letzte flog ebenfalls zum obersten Vampir und legte sich auf der anderen Seite neben ihn waagerecht in die Luft, sodass die ganze Vampirformation ein riesengroßes „T“ ergab.

„Wer beißt sich durch?“, rief der unterste Vampir.

„WIR!“, brüllten die anderen.

„Wer kennt keine Furcht?“, rief der unterste Vampir.

„WIR!“, grölten die anderen.

„Bist du verbannt, aber dominant, dann bist du ein …“

„TRANSGIGANT!“ Alle Transgiganten grölten.

Der größte Vampir, der vor seinem Bluteimer sitzen geblieben war, klatschte und stieß mehrere dunkelblaue Wölkchen aus den Nasenlöchern. Dann nahm er den Eimer zur Hand und hob ihn in die Höhe. „Schnappobyx! Auf die Transgiganten dieser Welt!“

„Auf die Transgiganten!“, riefen die anderen. Sie hatten ebenfalls zu den Eimern gegriffen und prosteten ihrem Anführer zu.

Der Anführer nahm einen gewaltigen Schluck, stellte den Eimer ab und wischte sich mit dem Arm den Blutbart ab. „Ich bin URIO TRANSGOLIATO“, sagte er.

Daka war froh, dass ihr der Transgigantenanführer keine Kopfnuss verpasste. Sie wusste nicht besonders viel über diese Vampirart. Aber eins wusste sie genau: Mit diesen Trangiganten wollte sie nicht befreundet sein. „Ich bin Dakaria Tepes." War das ihre Stimme, die da so quietschte?

„Das wissen wir schon längst. Du langweilst." Urio Transgoliato winkte ab.

Daka versuchte, sich mit dem Gedanken zu beruhigen, dass ein Transgigant schließlich auch nur ein Vampir war. Aber wenn sie die gewaltigen behaarten Pranken, die blutverschmierten Eckzähne und die lavasprühenden Augen sah, war die Ruhe dahin. Sie nahm den letzten Rest Mut zusammen und fragte: „Was wollen Sie eigentlich von mir und meinen Freunden?"

„Von DIR", begann Urio Transgoliato, „wollen wir gar nichts. Nur von dem erbärmlichen Menschlein da drin." Er zeigte auf eine kleine Tür, die offenbar zu einem Kühlraum führte.

Daka runzelte die Stirn. „Aber ... wieso?"

„Seit Jahrhunderten wird die bedeutende Vampirart der Transgiganten immer mehr geschwächt. Sie wird von lausigen Vampiren, Halbvampiren und sogar von Menschen unterwandert."

„Buuuh!", grölten die anderen Transgiganten. Sie hörten erst auf, als Urio Transgoliato zwei dunkelblaue Wolken in ihre Richtung ausstieß. Er fuhr fort: „Verbindet sich ein Transgigant mit einer anderen Art, gehen alle seine guten Eigenschaften zurück. Seine Aggressivität, seine Blutrünstigkeit, seine Widerstandskraft und sein enormer Appetit."

Darauf nahmen die Transgiganten einen großen Schluck aus den Eimern.

Daka nickte vorsichtig. „Das ist natürlich ein

schwerer Schlag für alle Transgiganten. Aber was hat das mit uns zu tun?"

„Uns ist zu Ohren gekommen, dass ein blutjunger Transgigant namens Murdo Dako-Apusenu bei einem Techtelmechtel mit einem niederträchtigen Menschlein beinahe getötet wurde. Und wer ist daran schuld?" Urio Transgoliatos Augen sprühten Feuer.

„Der Knoblauch?" Daka zog den Kopf ein.

„DAS NIEDERTRÄCHTIGE MENSCHLEIN natürlich!" Urio Transgoliato stieß eine Wolke aus, die beinahe schwarz war.

Die anderen Transgiganten riefen „Buh" und pfiffen.

„Das niederträchtige Menschlein hat den blutjungen Transgiganten verführt, ihn in eine Falle gelockt, ihn beinahe umgebracht. Es soll die Finger von Murdo Dako-Apusenu lassen, sonst bekommt die ganze Menschheit die Macht und den Zorn der Transgiganten zu spüren."

Die anderen Transgiganten fauchten.

Daka wehte es die Haarstachel nach hinten.

„JEGLICHE Verbindung zwischen dem Menschlein und dem blutjungen Transgiganten ist VERBOTEN!" Urio Transgoliato stemmte die gewaltigen Hände in die Hüften und sah Daka streng an. „Zur Warnung an alle haben wir das niederträchtige Menschlein bereits gut gekühlt verwahrt."

Daka schielte zu der Tür zum Kühlraum, auf die der Transgigant vorhin gezeigt hatte. Ludo hatte Murdo, den Sänger von *Krypton Krax*, verführt?

Das war Daka neu. Ludo und Murdo sicher auch. Die Transgiganten schienen etwas zu verwechseln. Beziehungsweise jemanden. Statt Helene, die wirklich in den Wäldern Transsilvaniens mit Murdo ein Techtelmechtel (was immer das genau war) gehabt hatte, hatten die Riesenfledermäuse Ludo in den Kühlraum gesteckt. Ludo hatte zwar halblange Haare, aber wie ein Mädchen sah er eigentlich nicht aus. Gut möglich, dass die Riesenfledermäuse mit ihren milchigen Augen auch nur wie durch ein Glas Milch sehen konnten.

Auf einmal hatte Daka eine Idee. Sie fand, die Idee war zensatoi futzi. Aber würden die Transgiganten auch der Meinung sein? Sie räusperte sich. „Ich habe schon sehr viel von euch Transgiganten gehört", log sie. Aber nur ein wenig. „Ihr seid nicht nur bekannt für euren Mut und eure Stärke …"

„Und unsere Blutrünstigkeit!", brüllten die Transgiganten.

„… und eure beeindruckende Blutrünstigkeit, sondern auch für euer Ehrgefühl und eure hohe Moral."

Urio Transgoliato runzelte die warzige Stirn.

Die anderen Transgiganten sahen Daka verwirrt an.

„Bei euch Transgiganten ist ein Wort noch ein Wort. Man kann sich auf euch verlassen." Daka bemühte sich sehr, das Zittern in ihrer Stimme zu unterdrücken. Denn so zensatoi futzi sie ihre Idee auch fand, sie wusste nicht, ob sie funktionieren würde.

Urio Transgoliato verlor die Geduld. „Was soll das Blutbuchengeraspel? Willst du dir einen Schluck aus unseren Eimern erschleimen, oder was?“

Daka streckte schnell ablehnend die Hand aus. „Ich will gar nichts von euch. Ich will euch etwas geben.“ Sie machte eine Kunstpause und hoffte, sie wirkte wie ein weiser Indianer. Zumindest ein bisschen. Sie holte tief Luft und sagte: „Ich gebe euch mein Ehrenwort.“

„Und was sollen wir damit?“, fragte einer der Transgiganten.

„Ich gebe euch mein Ehrenwort, dass das niederträchtige Menschlein dort hinter dieser Tür“, Daka zeigte auf den Kühlraum, „nichts und nimmer und niemals etwas mit Murdo Dako-Apusenu anfangen wird.“ Natürlich bestand da ein gewisses Restrisiko.

Urio Transgoliato musterte Daka misstrauisch. „Wieso bist du dir da so sicher? Willst du das Menschlein davon abhalten?“

„Das muss ich gar nicht“, erklärte Daka. „Ich kenne das Menschlein da drin sehr gut. Ihr könnt mir vertrauen: Es wird euren blutjungen Transgiganten in Ruhe lassen. E-H-R-E-N-W-O-R-T!“ Daka leckte den Zeigefinger an und hielt ihn nach oben. Das hatte sie in einem Indianerfilm gesehen. Allerdings war sie sich nicht mehr sicher, ob der Indianer mit dieser Geste sein Ehrenwort bekräftigte oder die Windrichtung testete.

Die Transgiganten runzelten die Stirn, sahen sich nacheinander an und dann wieder zu Daka.

Urio Transgoliato hatte inzwischen seinen Kopf in die Hände gestützt und in eine dunkelblaue Wolke eingehüllt.

„Was ist, Szef? Können wir ihrem Ehrenwort trauen?“, fragte der Transgigant neben ihm.

Ein anderer Transgigant stieß ihn in die Seite. „Siehst du nicht, der Szef denkt nach.“

Daka presste die Zunge vor Anspannung gegen die Zähne, während sie Urio Transgoliato beobachtete. Würde er ihr glauben? Würde er auf ihr Ehrenwort vertrauen? Konnte es so einfach sein, ihren Freund Ludo aus den Klauen von fünf Riesenfledermäusen und fünf Transgiganten zu befreien? Hatte Silvania recht damit, dass Worte Berge versetzen konnten? Es waren doch Worte? Oder?

In der Lagerhalle wurde es so still wie in einer Gruft. Ab und zu grunzten die Riesenfledermäuse in Dakas Rücken leise. Keiner der Transgiganten rührte sich. Sie sahen alle zu Urio Transgoliato und warteten sein Urteil ab. Dabei war es nicht so, dass sie keine eigene Meinung hatten. Ihre Meinung war so klar wie Leitungswasser. Und auch so einfach. Aber ihr Szef überlegte gerne, bevor er ein Urteil traf. Er war nicht umsonst Szef.

Schließlich war die dunkelblaue Wolke um Urio Transgoliatos Kopf verflogen. „Transgiganten!“, begann er und zeigte dann mit dem Finger auf Daka. „SIE hat uns ihr Ehrenwort gegeben. Und sie hat recht: Wir sind ehrbare, blutrünstige Vampire. Auf das Wort eines Transgiganten ist Verlass. Daran gibt es nicht den geringsten Zweifel. Aber ich frage euch:

Können wir dem Ehrenwort eines kümmerlichen Halbvampirs trauen?"

Daka hielt die Luft an. Mit vor Anspannung flackernden Augenlidern sah sie zu den Transgiganten. Dabei versuchte sie, ein vertrauenerweckendes Gesicht zu machen.

Die Transgiganten musterten Daka geschlagene zehn Sekunden.

10 – 9 – 8 – 7 – 6 – 5 – 4 – 3 – 2 – 1

„NEIN!", schallte die vierfache Antwort durch die Halle.

Daka zuckte zusammen. Ihre Kapsel der Hoffnung war gerade mit fünf kräftigen Fußtritten in eine ferne Galaxie befördert worden.

Urio Transgoliato nickte. „Wir gehen vor wie geplant. Wir werden das niederträchtige Menschlein gut gekühlt mit in unsere Gletschergruft nehmen."

„Aber das könnt ihr doch nicht machen! Er ist, ich mein sie ist, ich meine, es ist doch ein unschuldiger Mensch!" Dakas Haarstachel bebten vor Panik.

„Sicher ist sicher", fuhr Urio Transgoliato ungerührt fort. „Wenn wir verhindern wollen, dass unsere Vampirart bald vom Aussterben bedroht ist, müssen wir zu solchen strikten Maßnahmen greifen. Wir müssen selbst die geringsten Anfänge einer Unterwanderung unterbinden."

Die anderen Transgiganten grummelten zustimmend.

„Und was wird aus mir?", fragte Daka.

„Du? Ach so ..." Urio Transgoliato kratzte sich

am behaarten Kinn. „Dich nehmen wir auf dem Heimweg ein Stück mit und werfen dich dann einfach irgendwo ab. Du kannst doch fliegen, oder?“

Daka nickte. Sie brachte kein Wort mehr heraus. Sie sah, wie die Transgiganten abermals die Eimer hoben und anstießen. Blut schwappte auf den Fußboden.

Vielleicht konnten Worte ja Berge versetzen. Den Willen von Transgiganten jedenfalls nicht.

Daka schielte zum großen verschlossenen Hallentor. Ob Silvania und Helene noch davorstanden? Daka hoffte, dass sie es nicht taten. Sie hoffte, dass ihre Schwester und ihre Freundin unterwegs waren und Hilfe holten. Sonst würden die Transgiganten aus Ludo und ihr junges Tiefkühlgemüse machen.

Schlackernde Ohren

Dakas Hoffnung war vergebens.

Silvania und Helene standen noch immer vor dem Tor der Großmarkthalle. Sie hatten angestrengt gelauscht. Beinahe hätten sich ihre Ohrmuscheln am glatten Metalltor festgesaugt. Was sie zu hören bekommen hatten, hüllte sie in eine Wolke aus lähmender Angst ein.

Silvania löste sich als Erste vom Tor. „Fumpfs", war das Einzige, was sie mit belegter Stimme hervorbrachte.

Helene trat einen Schritt vom Hallentor weg. „Das ist alles meine Schuld. Mich sollten die Riesenfledermäuse ergreifen, nicht Ludo. Mich wollten die Transgiganten in den Kühlraum stecken. Stattdessen sitzt Ludo jetzt dort. Bestimmt ist er schon ganz steif vor Kälte. Vielleicht ist ihm sogar schon der Zeigefinger abgebrochen." Helenes Augen wurden wässrig.

Silvania trat neben ihre Freundin und legte den Arm um sie. „Gumox. Du kannst doch nichts dafür."

„Na klar. Ich hätte in den Ferien in Transsilvanien auf euch hören sollen. Ihr habt mich gewarnt. Ich soll mich nicht mit einem Vampir einlassen. Und schon gar nicht mit Murdo. Aber ich wusste ja nicht, dass er ein Transgigant ist, und er war so schön anders und so nett. So unheimlich nett. Und jetzt ist auf einmal alles unheimlich gefährlich, vor allem für Ludo und Daka da drin."

Silvania sah auf das Hallentor. Da hatte Helene leider recht. Daka und Ludo schwebten in Gefahr. In gigantischer Gefahr. „Wir müssen etwas unternehmen, bevor die Transgiganten mit den Fledermonstern und Daka und Ludo zur Gletschergruft aufbrechen."

Helene wischte sich mit dem Handrücken die Tränen vom Gesicht. „Aber was?", schnaufte sie.

Silvania ließ den Blick über das Gelände der Großmarkthallen schweifen. Am östlichen Horizont dämmerte es bereits. Bestimmt wollten die Transgiganten noch im Schutz der Dämmerung aufbrechen. Sie durften keine Zeit verlieren. „Komm", sagte Silvania und nahm Helenes Hand. „Wir holen Hilfe."

Mit Gips auf dem Laufenden

Dirk van Kombast hievte sich und seine beiden Gehhilfen, so schnell es ging, in den silbernen Sportwagen. Obwohl es gerade zu dämmern begonnen hatte, waren die Straßen noch dunkel. Doch er schaltete keine Scheinwerfer an.

Leise rollte der Sportwagen den Lindenweg entlang. Er war der zweite Wagen, der in diesen frühen Morgenstunden die Reihenhaussiedlung verließ. Kurz zuvor war ein flaschengrüner Dacia, Baujahr 1974, aus der Einfahrt vor dem letzten Reihenhaus im Lindenweg gefahren. Noch immer lagen drei kleine graue Rauchwolken in der Luft. Am Steuer des Dacias saß Elvira Tepes. Auf dem Beifahrersitz saß ihr Mann.

Dirk van Kombast hatte seine Nachbarn den ganzen Abend, die ganze Nacht und die ganzen frühen Morgenstunden über belauscht. Obwohl sein Abhörgerät noch immer einen ärgerlichen Wackelkontakt hatte, hatte der Vampirjäger die wichtigsten Sachen mitbekommen. Er war ein Profi. Er konnte sich so manches zusammenreimen.

Jetzt lenkte er den silbernen Sportwagen, so behutsam es mit einem Gips am rechten Bein und einer Gehhilfe auf den Knien ging, durch die einsamen Straßen von Bindburg. Die Stadt dämmerte noch im Halbschlaf. An einer roten Ampel bog der Dacia mit quietschenden Reifen nach links ab. Dirk van Kombast fuhr sanft um die Kurve und folgte dem Dacia. Er musste sich nicht beeilen. Er konnte es riskieren, den Dacia aus den Augen zu verlieren. Er wusste auch so, wo das Ehepaar Tepes hinfuhr. An dieser entscheidenden Stelle hatte das Abhörgerät nicht versagt. Mihai und Elvira Tepes fuhren zu den Großmarkthallen. Sie vermuteten, dass ihre Töchter und deren Freunde dort von gewissen Transgiganten festgehalten wurden.

Dem Vampirjäger war klar, dass er in seinem angeschlagenen Zustand wenig gegen die Vampire ausrichten konnte. Erst recht nicht gegen diese besonders aggressive Vampirart, von der Mihai Tepes gesprochen hatte. Aber er konnte auch nicht so tun, als ginge ihn die Welt da draußen nichts mehr an, nur weil er ein gebrochenes Bein hatte. Nein, er war Vampirjäger. Und als solcher musste er auf dem Laufenden bleiben. Gebrochenes Bein hin oder her.

Polischmei

RAPEDADI, Elvira! Sonst kommen wir zu spät!“ Mihai Tepes zog sich mit beiden Händen am Lakritzschnauzer. Das tat er nur, wenn er *sehr* nervös und *sehr* ungeduldig war.

„Ich fahre so schnell, wie der Dacia kann“, erklärte Frau Tepes ihrem Mann.

Der Dacia stieß drei bestätigende schwarzgraue Huster aus.

Ursprünglich wollte Mihai Tepes zur Großmarkthalle fliegen. Da es bereits dämmerte, hielt ihn seine Frau davon ab. Sie hatten nichts davon, wenn Mihai Tepes statt in der Großmarkthalle bei der Polizei, in einer geschlossenen psychiatrischen Klinik oder in einem Versuchslabor für unbekannte Lebensformen landete. Außerdem waren sie mit dem Dacia genauso schnell. Vorausgesetzt, Elvira saß am Steuer. Auch wenn ihr Mann ein zackiger und forscher Vampir war – hinter dem Steuer seines Dacias verwandelte er sich in einen Sonntagsfahrer, egal an welchem Wochentag. Vampire waren eben zum Fliegen geboren, nicht zum Autofahren.

Mihai Tepes war so damit beschäftigt, sich entweder vor Ungeduld am Lakritzschnauzer zu ziehen oder sich am Türgriff festzuhalten, wenn Elvira den Dacia mit voller Geschwindigkeit um eine Kurve quietschen ließ, dass er den silbergrauen Sportwagen gar nicht bemerkte, der ihnen bereits seit dem Lindenweg folgte.

Auch Elvira Tepes war der geschmeidige Verfolger bisher noch nicht aufgefallen. Sie hatte den Blick fest auf die Straße gerichtet und in Gedanken war sie bereits auf dem Gelände der Großmarkthallen. Was würde sie dort erwarten? Kamen sie noch rechtzeitig, bevor ... ja, bevor was? War es nicht viel zu riskant, ganz auf eigene Faust gegen Riesenfledermäuse und Transgiganten anzutreten? Ihr Mann war zwar ein Vampir, aber kein Supermann. Und sollte Elvira Tepes irgendwelche übernatürlichen Kräfte besitzen, hatte sie bis jetzt noch nichts davon bemerkt. „Mihai, sollten wir nicht doch besser die Polizei rufen?"

„Gumox! Polizei, Polischmei, Polibrei. Was sollen ein paar Polizisten gegen ausgewachsene Transgiganten ausrichten? Sie können ihnen ja noch nicht einmal Handschellen anlegen, weil die Handgelenke viel zu breit sind."

„Aber sollten unsere Töchter und ihre Freunde tatsächlich in die Fänge dieser Transgiganten geraten sein – was tun wir dann?" Elviras Stimme surrte wie eine aufgescheuchte Libelle über dem Motorenlärm.

Mihai Tepes ließ den Lakritzschnauzer los und strich sich mit den Händen über die Oberschenkel. „Es gibt nur zwei Möglichkeiten, wie man Transgiganten in die Flucht schlagen kann. Die erste ist ganz einfach: mit Gewalt."

„Gewalt? Du meinst, wir sollen gegen die Transgiganten kämpfen? Wir zwei?" Elviras Hände krampften sich um das Lenkrad.

„Die erste Möglichkeit ist für uns eigentlich keine. Wir sind nicht stark genug. Ich bin zwar der zweite Sohn einer ehrwürdigen Vampirfamilie, aber gegen ausgewachsene Transgiganten kann ich allein nichts ausrichten. Zumal meine Kräfte durch die Blutsverbindung mit einem Menschen geschwächt sind. Einem ganz reizenden Menschen natürlich." Mihai Tepes strich seiner Frau kurz über den Arm. „Vlad, Karpa und andere Vampire aus Transsilvanien zu Hilfe zu rufen, würde zu lange dauern."

„Also bleibt nur die zweite Möglichkeit." Elvira hoffte, sie hatte nichts mit Blut, Holzpflöcken oder Laserschwertern zu tun.

„Die zweite Möglichkeit ist ungeheuer wirkungsvoll. Aber sie ist nicht ganz einfach." Um Herrn Tepes' Mund erschienen zwei tiefe Falten. „Man kann die Transgiganten durch einen bestimmten Ton in die Flucht schlagen. Er wird das *Schrille Q* genannt."

Elvira Tepes runzelte die Stirn. Sie kannte nur das hohe C.

„Dieser Ton ist für Transgiganten unerträglich. Wenn er in ihre Ohren dringt, erleiden sie Qualen, als würden sie von glühenden Pfeilen durchbohrt werden. Diese Schmerzen halten sie nicht länger als ein paar Sekunden aus, dann ergreifen sie die Flucht."

„Und wie erzeugt man das *Schrille Q*? Braucht man ein bestimmtes Instrument?"

„Instrument … ich würde sagen, einen bestimmten Klangkörper. Diesen einzigartigen Ton können meines Wissens nur ausgewachsene Vampirdamen ausstoßen. Und auch nicht alle. Es erfordert eine gewisse Stimmlage und sehr elastische Stimmbänder."

„Aber wo sollen wir denn auf die Schnelle eine ausgewachsene Vampirdame mit elastischen Stimmbändern herbekommen?"

„Das weiß ich auch nicht." Herr Tepes sah seine Frau eindringlich an. „Elvira. Wir haben keine andere Wahl. Du musst es versuchen."

„ICH?" Vor Schreck ließ Frau Tepes eine Sekunde das Lenkrad los.

„Durch die Blutsverbindung mit mir fließen zumindest ein oder zwei Tröpfchen Vampirblut in dir. Vielleicht reicht das aus."

„Aber ich weiß ja noch nicht einmal, wie das *Schrille Q* klingt!"

„Na ja, irgendwie … schrill eben. Ich kann es dir leider nicht vormachen. Versuch es einfach, Elvira. Du bist unsere einzige Hoffnung."

In dem Moment erreichten sie den Eingang zum Großmarkthallengelände. Frau Tepes fuhr mit vollem Tempo über die Bordsteinkante und parkte quer auf dem Fußweg. Verkehrsregeln, fand Frau Tepes, waren etwas für normale Tage.

Elvira und Mihai Tepes rissen gleichzeitig die Autotüren auf und stürmten auf das große Gittertor zu, das den Eingang zum Gelände bildete. Das Tor war verschlossen. Elvira Tepes wollte schon daran hochklettern, als sie spürte, wie ihr Mann sie von hinten mit beiden Armen umschlang und mit ihr abhob.

„Mihai! Wenn uns jemand sieht!“ Allerdings ... mal kurz mit ihrem Mann abheben, das hatte schon etwas. Es war verflixt: Wieso machten verbotene und gefährliche Sachen immer so viel Spaß?

Kaum waren sie auf der anderen Seite des Gittertors gelandet, rannten sie los. Doch sie kamen nicht weit.

BOING!

WUMMS!

KNAUTSCH!

„AAAAHHH!“

... schrie Frau Tepes, als sie mit jemandem zusammenstieß.

„Transgiganten!“, brüllte Herr Tepes. Erst dann sah er an sich hinab. Auf das, was ihn fest umklammerte. Er hielt seine Tochter in den Armen.

Frau Tepes war Helene direkt in die Arme gelaufen.

„Seid ihr verletzt?“

„Wo kommt ihr her?

„Wo wollt ihr hin?“

„Wo ist Daka?“

„Wo ist Ludo?“

„Wo sind die Transgiganten?“

„Wie viele sind es?“

„Sind die Riesenfledermäuse hier?“

Elvira und Mihai Tepes ließen die Fragen auf Silvania und Helene prasseln wie einen Platzregen.

Die Mädchen erzählten alles im Schnelldurchlauf. Allen war klar: Es galt, keine Zeit zu verlieren. Sie eilten zusammen zurück zur Lagerhalle, in der die Transgiganten Daka und Ludo festhielten.

„Wir müssen Daka und Ludo da rausholen, bevor die Transgiganten sie wer weiß wohin bringen“, sagte Helene.

„Und bevor Ludo die Finger abfrieren“, fügte Silvania hinzu.

„Pssst!“, machte Herr Tepes und legte ein Ohr an das Tor der Lagerhalle.

In der Eile und Aufregung war allen entgangen, dass ein silberner Sportwagen am Straßenrand vor dem Großmarktgelände einparkte. Die Fahrertür ging auf. Erst erschien ein normales Bein auf dem Asphalt. Dann ein Gipsbein. Schließlich hievte sich ein kompletter Vampirjäger mithilfe einer Krücke aus dem Auto.

Er humpelte auf die kleine unscheinbare Tür neben dem großen Gittertor zu. Die Tür ließ sich ohne Probleme und mit einer Hand öffnen. Dirk van Kombast hinkte auf das Gelände der Großmarkthallen. Er sah von Weitem, wie das Ehepaar Tepes, Silvania und deren Freundin Helene vor dem Tor einer der Lagerhallen standen und lauschten.

Einen Moment überlegte Dirk van Kombast, was er tun sollte. Dann humpelte er entschlossen, aber leise um die Lagerhalle herum. Er stellte sich unter ein kleines Fenster direkt an der Ecke zu der Seite, wo sich das Eingangstor zur Halle befand. So war er nur ein paar Schritte von den Tepes entfernt. Er stützte sich mit beiden Armen auf die Gehhilfe und spitzte die Ohren. Es sah so aus, als wäre er mal wieder zur richtigen Zeit am richtigen Ort.

Mihai Tepes presste das Ohr noch immer an das Lagerhallentor.

Elvira Tepes beäugte ihren Mann voller Ungeduld. In dieser Halle waren ihre Tochter und ihr Freund Ludo. Zusammen mit fünf Transgiganten und fünf Flatliac Kolossos! „Was ist? Hörst du was?"

„Was sagen sie?", fragte Helene.

„Wollen sie losfliegen?", fragte Silvania.

Herr Tepes hob den Zeigefinger. Er presste das Ohr noch fester ans Tor.

Helene kniff sich vor Anspannung in den Arm. Er war schon ganz rot.

Silvania verlagerte ihr Gewicht im Sekundentakt von einem Bein aufs andere.

Auf einmal richtete sich Herr Tepes auf. „Es geht los."

„Was geht los?", fragte Frau Tepes.

„Wir greifen an", sagte Herr Tepes mit grufttiefer Stimme. „Ich brauche eine Waffe!" Kurzerhand drehte er sich nach rechts um, meinte im trüben Licht der Morgendämmerung einen Stock zu erkennen und griff nach der Gehhilfe, die um die Ecke der Lagerhalle ragte. Mit einem kräftigen Ruck zog er sie an sich, brüllte „ONU, ZOI, TROSCH!" und riss mit beiden Armen das Tor auf.

Der Schrei, den Dirk van Kombast zwei Meter weiter ums Eck ausstieß, ging im Kampfgebrüll von Mihai Tepes unter. Durch die heftige Bewegung, mit der dem Vampirjäger die Gehhilfe entrissen worden war, war er zu Boden gestürzt. Er lag direkt unter dem kleinen Fenster der Lagerhalle und sah einen Moment lang nur Sternchen. Daher entging ihm das grausame Schauspiel, das sich in der Lagerhalle bot.

Kampf der Giganten

Mihai Tepes stürmte mit der Gehhilfe, die er wie einen Speer in der Hand hielt, in die Lagerhalle. Er rannte nicht, er flog. Er war ein schwarzer, tödlicher Pfeil, den weder ein Transgigant noch eine Flatliac Kolossos aufhalten konnte. Das war zumindest der Plan.

„KRAWALLERI!", brüllte Mihai Tepes, was so viel wie „Attacke!" hieß. Er flog direkt auf fünf Transgiganten zu, die in einer Reihe vor jeweils einem Eimer saßen und verstört aufblickten.

Doch die Transgiganten ließen sich weder von Mihais origineller Waffe noch von seinem Kampfschrei einschüchtern. Schneller als ein Sektkorken aus der Flasche ploppt schossen sie in die Luft, um den Angreifern auf Augenhöhe zu begegnen. Sofort waren auch die fünf Riesenfledermäuse zur Stelle. Die Transgiganten schwangen sich wie tollkühne Reiter auf ihre Rücken. Eine Sekunde später hatten sie Mihai Tepes umzingelt.

Herr Tepes schlug mit der Gehhilfe wild und wuchtig um sich. Die drei Musketiere hätten sich von seiner ungewöhnlichen Technik etwas abgucken können. Aber sie mussten auch nie gegen Riesenvampire auf Riesenfledermäusen kämpfen.

ZACK!

WUSCH!

ZONG!,
zischte die Gehhilfe wie ein Samuraischwert durch die Luft.

Eine Riesenfledermaus zog in letzter Sekunde den Kopf ein, bevor der Griff der Gehhilfe an ihrem Kinn landete. Der Transgigant auf ihrem Rücken rutschte ein Stück nach hinten.

Daka hatte sich vom ersten Schock erholt und die Situation erkannt. Sie flog ihrem Papa zu Hilfe und hängte sich ans Bein eines Transgiganten. Doch sie hatte keine Chance gegen ihn. Für ihn war sie nicht mehr als eine lästige Fliege. Selbst wenn sie ihn nach unten ziehen konnte, was hätte das genützt? In der nächsten Sekunde hätte sich der Transgigant wieder auf sein Fledermonster geschwungen.

Silvania hatte sich auf einen der Deckenbalken geflopst. Sie hielt einen Kürbis in der Hand und ließ ihn auf den Kopf eines Transgiganten fallen. Der Kürbis zerschlug krachend auf dem Riesenschädel.

Der Transgigant drehte sich noch nicht einmal um. Er schüttelte sich die Kürbisreste aus den verfilzten Haaren, als wären sie Konfetti. Nebenbei wehrte er mit einer Hand einen Angriff von Mihai Tepes ab.

Helene stand neben Elvira Tepes, hatte den Schüsselhelm tief ins Gesicht gezogen und bewarf die Riesenfledermäuse mit Äpfeln, Tomaten, Kohlrabi und was sie sonst noch in den Kisten um sie herum entdeckte. „Verfliegt euch, ihr Ungeheuer!“, schrie sie.

Frau Tepes stand wie gelähmt in der Halle. Sie sah, wie ihr Mann immer mehr und immer heftiger von den Transgiganten bedrängt wurde. Immer dichter flogen sie an ihn heran. Immer bösartiger fauchten sie. Immer dunkler wurden die Wolken, die sie aus den Nasenlöchern stießen. Sie rochen auch immer schlimmer.

„KRAWALLERI!“, rief Herr Tepes unbeirrt.

Doch seine Frau sah, dass seine „Krawalleri“ nicht wie geplant nach vorne, sondern nach hinten losging. So hatte sie ihren Mann noch nie gesehen: so mutig, so kämpferisch, und gleichzeitig so machtlos. Würde nicht ein Wunder geschehen, würden sie nicht nur diesen einen Kampf verlieren, sondern auch jämmerlich zugrunde gehen. Zwischen Gurken und Rettich, in einer Großmarkthalle. Frau Tepes zog sich vor Hilflosigkeit und Angst das Herz zusammen. Sie sah, wie eine der Riesenfledermäuse hinter Mihai Tepes' Rücken die Krallen nach ihm ausstreckte.

„MIHAI!“, schrie sie. „Pass auf!“

Herr Tepes schreckte auf und stürzte um eine Körperlänge nach unten. Sowohl wegen der Fledermauskrallen als auch wegen seiner Frau. Er hatte sie tatsächlich für ein paar Sekunden vollkommen vergessen. Das war noch nie vorgekommen. Und es war unverzeihlich. Vor allem in dieser Situation. „ELVIRA!“, brüllte er nach unten und stieß nebenbei mit der Gehhilfe nach einem Transgiganten, der sich bedrohlich näherte. „Setz deine Waffe ein.“

„MEINE WAS?“

„DEINE W-A-F-F-E!“, brüllte Mihai. „Du weißt schon, deinen KLANGKÖRPER.“

Plötzlich erinnerte sich Elvira an das, was ihr Mihai im Dacia erzählt hatte. An die zwei Möglichkeiten, Transgiganten in die Flucht zu schlagen. An die Gewalt. Und an das *Schrille Q*. Sie wusste nicht, ob sie den richtigen Klangkörper hatte. Sie konnte es nur versuchen.

Elvira Tepes stellte sich auf eine Kiste Bananen, öffnete die Arme, als würde sie einen Elefanten tragen und begann zu schreien: „QQQQQQqqqqq-QQQQQqqqqqQQQQQ!"

Helene, die direkt neben ihr stand, ließ die Maiskolben in der Hand fallen und hielt sich sofort die Ohren zu.

Daka, Silvania und Mihai verzogen an der Hallendecke die Gesichter.

Die Riesenfledermäuse blickten dumpf geradeaus.

Die Transgiganten sahen verwirrt und ratlos nach unten. Keiner von ihnen zuckte auch nur mit der Oberlippe. Auch nicht mit der Unterlippe. Keiner krümmte sich und erst recht ergriff keiner die Flucht.

Elvira Tepes schrie, bis ihr die Luft ausging. Ihr Gesicht bekam einen lila Schimmer. Dann atmete sie tief ein und sah nach oben. Fünf Transgigantenaugenpaare, ein Vampiraugenpaar und zwei Halbvampiraugenpaare sahen auf sie herab. Mihai Tepes schüttelte langsam den Kopf. Es hatte nicht funktioniert.

Enttäuscht sah Elvira Tepes an sich herab. Sie hatte wohl nicht den richtigen Klangkörper. Doch Elvira Tepes war keine Frau, die einfach aufgab.

Schon gar nicht, wenn so viel auf dem Spiel stand wie in diesem Moment.

Frau Tepes wollte gerade für das nächste mehr oder weniger schrille Q Luft holen, als sie auf einmal eine Idee hatte: Vielleicht klang das Q vollendeter und schriller, wenn man es mit einem ganzen Wort hinausschrie. Genau, das war es! Elvira war sich sicher. Sie reckte das Kinn in die Höhe und stieß alle Wörter mit Q aus, die ihr gerade einfielen: „QUARKKEULCHEN, QUACKSALBER, QUADRATLATSCHEN, QUALIFIKATIONSRUNDE, QUATSCHKOPF, QUETSCHKARTOFFELN, QUIETSCHEENTCHEN, QUASSELSTRIPPE, QUANTENSPRUNG … quieck.“

Frau Tepes’ Gesicht war jetzt dunkellila. Gesund sah das nicht aus. Sie holte schnell Luft und schielte nach oben. Was sie sah, ließ alle Hoffnungen platzen.

Nebulöse Worte

Ludo schob sich den Blumenkohl vom Kopf und die Spinatblätter von den Beinen. Wie sie dorthingekommen waren, konnte er nicht sagen. Er war wohl wieder eingeschlafen. Jemand hatte ihn in den Schlaf gewiegt. Da er allein im Kühlraum war, konnte er es nur selbst oder die Kälte gewesen sein.

Wie lange er geschlafen hatte, wusste er nicht. Er wusste nicht, ob Tag oder Nacht war. Noch, welcher Wochentag oder wo er sich befand. Das Einzige, was er mit Sicherheit (und auch mit Erleichterung) sagen konnte, war, dass ihm trotz der Kälte noch kein Finger abgebrochen war.

Vermutlich hätte Ludo bis in alle Ewigkeit geschlafen. Vielleicht wäre er nie wieder aufgewacht. Wäre da nicht dieses Geräusch gewesen. Dieser Lärm, direkt vor dem Kühlraum. Zuerst wurde er von einem Rumpeln und Gebrüll geweckt. Dann hörte er Rauschen, Zischen und Wummern. Dann schrie jemand, es klang wie eine Frau, laut und lange.

Ludo rappelte sich auf. Er stieg von dem Haufen Maiskolben und kletterte über ein paar Kisten mit Bohnen und Brokkoli zur Tür. Er drückte auf die Klinke. Die Tür war verschlossen. Noch immer. Auf einmal erklang auf der anderen Seite wieder ein Schrei. Dieses Mal meinte Ludo sogar, ein paar

Wörter auszumachen. Die Frau auf der anderen Seite schrie nach Quarkkeulchen und Quietscheentchen.

Ludo runzelte die Stirn. Konnte das sein? Vielleicht waren Quarkkeulchen und Quietscheentchen die Namen von zwei Hunden. Oder ... vielleicht hießen zwei der Riesenfledermäuse so und die Frau war ihre Besitzerin. Allerdings kam Ludo die Stimme irgendwie bekannt vor. Sie klang nur etwas schriller und lauter ... ansonsten ... ja, das konnte Frau Tepes sein! War es Daka, Silvania und Helene tatsächlich gelungen, den Riesenfledermäusen zu folgen? Hatten sie tatsächlich Hilfe geholt? Waren sie nur wenige Meter von ihm entfernt, auf der anderen Seite der Tür? Bei dem Gedanken wurden Ludos klamme Finger gleich ganz warm und weich.

Ludo lauschte an der Tür. Er zog die Augenbrauen zusammen. Gut möglich, dass ihm seine Freunde zu Hilfe kommen wollten. Doch was er da auf der anderen Seite hörte, klang vielmehr, als bräuchten seine Freunde Hilfe.

Auf einmal spürte Ludo, dass er nicht allein war. Jemand war im Kühlraum. Mit ihm. Jemand, der ihn schon die ganze Zeit beobachtet hatte. Jemand, der sich jetzt von hinten an ihn heranschlich. Geräuschlos, unaufhaltsam, bedrohlich.

Ludo stand da wie schockgefroren, wagte es nicht, sich umzudrehen. Nur seine Pupillen bewegten sich. Er schielte nach links und nach rechts. Außer Gemüsekisten war nichts zu sehen. Doch er wusste, dass die andere Person ganz nah war, nur wenige

Zentimeter entfernt. Zu nah, als dass Ludo noch hätte fliehen können – und wohin auch, in diesem fensterlosen, verschlossenen Raum? Wer auch immer sich von hinten näherte, es gab kein Entkommen mehr.

Ludo machte sich auf einen Stoß, eine Hand auf der Schulter oder einen Schlag auf den Kopf gefasst. Vielleicht konnte er sich noch genau im richtigen Moment ducken. Doch da spürte er ihn auch schon: den eiskalten Lufthauch. Er war mindestens zehn Grad kälter als die Luft im Kühlraum. Ludo wusste, dass es zu spät war. Der Hauch glitt über seinen Rücken, kroch über die Schultern, wickelte sich um seinen Hals wie die Schlinge eines Galgens. Zu sehen war nicht mehr als ein feiner Nebel. Er roch wie Tau auf einer einsamen Waldwiese in der Morgendämmerung.

Der Geist. Er war zurück. Oder war er die ganze Zeit bei Ludo gewesen? War er es, der ihn in den Schlaf gewiegt hatte? Der ihn mit Spinatblättern zugedeckt hatte? Ludo räusperte sich: „Hallo! Ich weiß nicht, ob du mich verstehst. Oder ob du mich überhaupt hören kannst."

Der eiskalte Lufthauch fuhr Ludo durch die Haare.

Ludo fand, das fühlte sich wie ein Ja an. „Vielleicht kannst du ja nicht richtig reden. Aber kannst du mir irgendwie sagen, was du von mir willst?"

Auf einmal bildete der feine Nebel einen runden weißlichen Kreis. Er drehte sich erst um Ludos Körper, dann um seinen Kopf. Der Nebelkreis drehte sich immer schneller. Er surrte, erst kaum merklich und ganz leise, dann immer deutlicher.

Ludo versuchte, sich auf einen Punkt an der Wand zu konzentrieren. Hätte er die ganze Zeit auf den kreisenden Nebel gesehen, hätte sich ihm selbst der Kopf gedreht. Was wollte ihm der Geist damit sagen? Vielleicht meinte der Geist: *Alles dreht sich nur um dich*. Oder *Du drehst dich nur im Kreis!* oder *Du musst dich um 180 Grad drehen!* Vielleicht wollte ihm der Geist auch nur sagen, dass er vom Saturn kam, und Ludos Kopf stellte den Planeten dar und der Geist selbst die Saturnringe.

Ludo biss sich auf die Unterlippe, während er angestrengt überlegte, was ihm der Nebelgeist sagen wollte. Auf einmal hörte er es – das Surren. Er hatte es die ganze Zeit über schon gehört, aber erst jetzt fiel ihm etwas auf: Es war mehr als nur ein Surren! Der Geist war gar nicht stumm. Er redete mit Ludo. Das Surren war ein leiser Singsang, so fein wie der Nebel selbst.

Ludo verbannte alle Gedanken an den Saturn aus seinem Kopf und lauschte genau auf die Stimme des Nebels:

„Der Stoß vorhin tut mir leid, doch für Schönsprech weder Atem noch Zeit, rette mein Kind, geschwind, geschwind, gar böse Wesen hinter ihm her sind!"

Ludo runzelte die Stirn. Stoß? Schönsprech? Kind? Er steckte den Zeigefinger ins Ohr und wackelte etwas. Dabei sah er, wie sich der Nebelkreis um seinen Kopf auflöste und wieder zum losen Nebelband wurde. Das Nebelband glitt von Ludos Schultern und schwebte auf die Tür zu. Ludo sah, wie das Nebelband immer dünner wurde und in das Schlüsselloch kroch. Als es völlig verschwunden war, hörte Ludo ein *klick*. Das Schloss! Mit zwei Schritten war Ludo bei der Tür. Er drückte die Klinke nach unten. Die Tür ging auf.

Gleichzeitig ging Ludos Mund auf. Was Ludo erblickte, war ein Bild, wie es nur in einem Albtraum vorkommen konnte.

Der Stein der Erlösung

Ludo hielt sich am Türrahmen fest und versuchte das, was er sah, zu begreifen. Auf dem Hallenboden in der Nähe eines Tors standen Frau Tepes und Helene. Helene warf blindlings mit Gemüse um sich. Eine Puddingschüssel, die sie aus unerfindlichen Gründen auf dem Kopf trug, war ihr bis über die Nasenspitze gerutscht.

Frau Tepes stand auf einer Kiste Bananen und schrie unentwegt „KUH!“

Eine Kuh war weit und breit nicht zu sehen.

An der Hallendecke schwebten fünf Riesenfledermäuse, auf denen fünf riesengroße Gestalten saßen. Ludo erkannte erst auf den zweiten Blick, dass es Vampire waren. Daka hing an der Kralle einer Riesenfledermaus. Die Riesenfledermaus versuchte, Daka abzuschütteln. Daka hielt sich wie ein Rodeoreiter.

Auf einem der breiten, hölzernen Deckenbalken stand Silvania. Sie hielt einen großen Eimer in der Hand und versuchte, ihn einer Riesenfledermaus über den Kopf zu stülpen. Offenbar hatte sie noch nicht bemerkt, dass der Eimer viel zu klein für den Kopf der Riesenfledermaus war.

Das erschreckendste Bild lieferte Mihai Tepes. Er hing wehrlos wie eine Vogelscheuche in den Krallen einer Riesenfledermaus. Verzweifelt wedelte er mit den Armen, in denen er eine Gehhilfe hielt. Er rief etwas, das klang wie: „Das Kuh! Wir brauchen das schrille Kuh! Sonst sind wir verloren!"

Ludo zog sich bei dem Anblick der Magen zusammen. Herr Tepes, der stolze Vampir, war in den Fängen der Riesenfledermäuse nicht nur vollkommen wehrlos, sondern auch vollkommen durchgeknallt. Ludo wollte ihm helfen. Er wollte allen helfen. Aber wie?

Plötzlich spürte Ludo, wie ihn jemand mit frostigem Griff am Arm packte. Für eine Sekunde sah er im Hallenlicht eine weiße Nebelgestalt aufblitzen. Sie zog ihn zu einem kleinen Fenster. Dann surrte sie wieder um seinen Kopf. Ludo hatte das Gefühl, dieses Mal drehte sich der Nebelkreis noch schneller und flimmerte.

„Stell keine Frage, tu schnell, was ich dir sage: Nimm den Backstein, wirf ihn durchs Fensterlein. Befreiung wird die Belohnung sein."

Ludo zögerte nur eine Sekunde. Er wusste nicht, wer der Geist war. Er wusste nicht, was der Geist wollte. Er wusste nicht, warum er einen Stein durchs Fenster werfen sollte. Aber alles war besser, als untätig herumzustehen und zu sehen, wie seine Freunde von Riesenfledermäusen und deren Riesenreitern angegriffen wurden.

Entschlossen bückte er sich nach einem Backstein. Er schleuderte ihn mit voller Kraft auf das Fenster. Klirrend ging das Fenster entzwei. Sofort stöhnte jemand laut auf, dann erklang ein ohrenbetäubender Schrei:

„QQQQQQQQQQQQQqqqqqqqqqqQQQQQ
QQQQQQQQQqqqqqqqqqqqqQQQQQQQQQ
QQQqqqqqqqqqqqqqQQQQQQQQQQQQQQ
QqqqqqqqqqqqqqQQQQQQQQQQQQQqqqqq
qqqqqqqqQQQQQQQQQQQQQqqqqqqqqqqqq
qQQQQQQQQQqqqqqqqqqqqqqqqQQQQQ
QQQQQQQqqqqqqqqqqqqqQ!“

So etwas hatte Ludo noch nie gehört. Und er wünschte sich sofort, dass er es nie wieder hören musste.

Den anderen schien es genauso zu gehen. Frau Tepes steckte sich jeweils eine Banane ins Ohr. Helene versuchte, den gesamten Kopf unter die Puddingschüssel zu bekommen. Daka rutschte von den Krallen der Riesenfledermaus und Silvania fiel vom Balken. Mihai Tepes fiel ebenfalls. Die Riesenfledermaus hatte voller Panik ihren Griff schlagartig gelockert.

Fensterscheiben klirrten in der gesamten Halle, Maiskörner ploppten, Melonen sprangen auf, Erbsen flogen durch die Luft.

Die Riesentiere und die Riesenvampire litten offenbar am schlimmsten unter dem grausamen Schrei. Vielleicht hörten sie mit ihren Riesenohren besser. Die Fledermäuse klappten die Ohrmuscheln nach vorne. Die rotschwarzen Stacheln daran zitterten und klapperten. Die milchigen Augen verfärbten sich gelblich. Das sah gar nicht hübsch aus.

Die Riesenvampire pressten die Riesenhände an die Ohren. Sie kniffen die Augen zusammen und schrien selbst, als wollten sie den anderen Schrei übertönen. Ihre Nasenflügel zitterten, samt den wurmartigen Härchen, die herausragten.

Ludo sah, wie einer der Riesenvampire, der besonders große und abstehende Ohren hatte, die Augen verdrehte. Er stieß eine rosafarbene Wolke aus den Nasenlöchern und brach unter lautem Stöhnen auf seiner Riesenfledermaus zusammen. Schlaff, mit herabhängenden Armen, baumelte er auf dem Tier.

Dem Riesenvampir daneben schien es nicht viel besser zu gehen. Er versuchte krampfhaft, sich die Ohren mit den eigenen Haaren zuzustopfen. Dabei zuckte sein Körper in spastischen Bewegungen hin und her, als würde er einen Stromschlag nach dem anderen bekommen. Seine lange gelbliche Zunge hing seitlich aus dem Mund.

„AZFUGLI!", rief der größte und kräftigste der Vampire. Seine Augen tränten, aus seinen Ohren quoll eine grüne, wabbelige Masse.

Kaum hatte er das gesagt, stürmten alle Riesenfledermäuse samt Riesenvampiren auf das Hallentor zu. Ludo konnte kaum so schnell gucken, wie sie durch das Tor hinaus in die Morgendämmerung flogen.

Eins, zwei, drei, vier, fünf – waren sie verschwunden.

Ludo blinzelte mehrmals. Er wollte sichergehen, dass er wirklich wach war und nicht alles nur ein Albtraum war. Ihm war noch nicht klar, dass er gerade fünf ausgewachsene Transgiganten vertrieben hatte. Er wusste nicht, was es mit dem Schrei und dem Geist auf sich hatte. Und mit der schrillen Kuh.

Aber all das war ihm im Moment egal. Er wusste, dass Helene, Dakaria, Silvania und die Eltern der Zwillinge gerettet waren. Und er selbst auch. Mehr wollte er erst mal gar nicht wissen.

Backsteinlandeplatz

Dirk van Kombast rieb sich mit der einen Hand den Kopf. In der anderen Hand hielt er einen Backstein, so groß wie ein Laib Brot. Maiskörner, zerfetzte Bohnen und ein paar Glassplitter bedeckten seinen Oberkörper. Der Schmerzensschrei, der erst vor ein paar Sekunden verklungen war, lag ihm noch auf den zitternden Lippen.

Der Stein und der Schmerz waren unerwartet heftig und schonungslos über den Vampirjäger hereingebrochen. Erst hatte er versucht, den Schrei zu unterdrücken, gegen ihn anzukämpfen, ihn zu verarbeiten, ihm zu begegnen. Dazu hatte er eine Technik angewandt, die ihm Ajala beim letzten Yogaworkshop beigebracht hatte: tiefe Bauchatmung und dabei bis 100 zählen oder das Alphabet aufsagen. Dirk van Kombast hatte sich spontan für Letzteres entschieden. Zunächst hatte es bestens funktioniert. Beim A-B-C-D-E-F-G hatte er tatsächlich so gut wie nichts gespürt. Er musste sogar an seinen ersten Schultag denken. An sein Federmäppchen mit den Bärchen drauf. Aber dann, beim H-I-J-K, war der Schmerz gekommen wie eine Welle kochend heißes Wasser. Beim L-M-N-O-P biss Dirk van Kombast noch die Zähne zusammen, doch dann, beim Q, hielt er es nicht mehr aus. Die Schmerzen hatten gewonnen. Er konnte sie nicht verarbeiten. Er wollte ihnen auch nicht begegnen. Er wollte sie herausschreien.

Der Vampirjäger fand, das „Q“ eignete sich hervorragend als Schmerzlaut. Viel besser als „Au“ oder „Ah“ oder „Ei“. Ja, dieses schrille Q hatte ihm richtig gutgetan. Der Schmerz ließ bereits nach. Natürlich waren seine Tarnung und sein Versteck dahin. Er musste schleunigst zusehen, dass er vom Fenster wegkam. Was immer in dieser Lagerhalle vor sich ging – wer mit Backsteinen auf unbescholtene Bürger warf, der tat noch ganz andere Dinge. Es war besser, Abstand zum Geschehen zu gewinnen. So schnell wie möglich. Und so schnell es mit einer Beule am Kopf, einem Gipsbein und ohne Gehhilfe ging.

Die schrille Kuh

Alle starrten zum Tor, durch das die Transgiganten auf ihren Riesenfledermäusen eben hinausgeflogen waren.

„Schlotz zoppo, das war knapp“, flüsterte Daka. Sie stand neben ihrer Schwester auf dem Hallenboden, der von einem bunten Obst-Gemüse-Salat bedeckt war. In der Halle sah es aus, als wäre eine Bombe hochgegangen.

Silvania zog sich eine Stange Spargel aus den Haaren und gleichzeitig ihre Schwester an sich. Ihr schlotterten noch zu sehr die Eckzähne, um etwas sagen zu können.

Helene riss sich die Puddingschüssel vom Kopf, rannte auf die Vampirschwestern zu und umarmte sie beide.

Elvira Tepes reichte ihrem Mann, der auf einem Kartoffelhaufen gelandet war, die Hand und zog ihn hoch.

Kaum auf den Beinen, drückte Mihai Tepes seine Frau an sich und vergrub die Nase in ihren rotbraunen Haaren. Nichts beruhigte ihn so sehr wie der Geruch, der davon ausging.

Helene war die Erste, die wieder einen klaren Gedanken fassen konnte. „Wir müssen Ludo aus dem Kühlraum holen. Bevor er ein Eisklumpen wird.“

„Zu spät.“

Helene, Daka, Silvania, Herr und Frau Tepes drehten sich um und sahen in die Ecke, aus der die zwei Worte gekommen waren.

„Ich meine, ich bin schon aus dem Kühlraum raus“, fügte Ludo hinzu.

„LUDO!“, riefen alle im Chor.

Helene lief auf Ludo zu, Daka flog zu Ludo und Silvania flopste sich kurzerhand zu ihm. Dann umarmten sie ihn alle gleichzeitig.

Ludo schielte etwas benommen nach links und rechts. Er freute sich sehr, seine Freundinnen wiederzusehen. Aber von drei Mädchen gleichzeitig umarmt zu werden, war ein bisschen unheimlich.

„Was haben die Transgiganten mit dir gemacht?“

„War es sehr kalt?“

„Wie bist du aus dem Kühlraum gekommen?“

„Die Trans was?“ Ludo sah seine Freundinnen an wie ein zermatschter Blumenkohl.

„Die Transgiganten. Die Riesenvampire“, sagte Helene. „Sie haben dich vom Knochenhügel entführt, also, genau genommen ihre Haustiere, die Riesenfledermäuse, denen hatten sie den Auftrag gegeben, aber die haben es vermasselt, denn die hatten einen ganz anderen Auftrag, denn eigentlich sollten sie mich und nicht dich entführen, weil …“

„Haben sie dir jetzt etwas getan oder nicht?“, fuhr Silvania dazwischen.

„Eine Riesenfledermaus hat mir ins Gesicht gepupst. Aber sonst war nichts.“

Daka klopfte Ludo auf die schmalen Schultern. „Datiboi flatliac, keinem ist etwas passiert.“

Herr Tepes, der mit seiner Frau zu den Kindern gegangen war, räusperte sich. „Nicht der Fledermaus sei Dank, sondern meiner einzigartigen, mutigen, außergewöhnlichen Frau!“

Elvira Tepes sah ihren Mann an, als hätte sie statt eines Kompliments gerade ein rohes Ei an den Kopf bekommen.

Herr Tepes ließ sich vom Gesichtsausdruck seiner Frau nicht aus der Fassung bringen. „Elvira haben wir es zu verdanken, dass wir alle noch hier und alle unversehrt sind. Samt Haut und Haaren, roten und weißen Blutkörperchen.“

„Mir? Aber wieso denn?“, fragte Elvira Tepes.

„Du musst nicht bescheiden sein. Wer fünf ausgewachsene Transgiganten und fünf Flatliac Kolossos in die Flucht schlägt, der kann sich vollkommen zu Recht als Held feiern lassen.“ Herr Tepes hob seine Frau kurz hoch und drückte ihr einen kitzelnden Lakritzschnauzerkuss auf die Wange.

Elvira strampelte, bis sie wieder auf dem Boden stand. „Aber ich war das nicht!“

Herr Tepes zog die Augenbrauen hoch, grinste verschmitzt und zog mit Daumen und Zeigefinger am Schnauzbartende. „Ich bitte dich! Wer, wenn nicht du, hat das *Schrille Q* ausgestoßen?“

„Ich weiß es nicht. ICH war es jedenfalls nicht.“ Elvira verschränkte die Arme. Vor ihrem Körper, der als Klangkörper für das *Schrille Q* nicht geeignet war.

Herr Tepes wusste nach 13 Jahren Ehe, wann es seine Frau ernst meinte. „Ja aber, wenn du es nicht warst, wer dann?" Er sah ratlos in die Runde. „Silvania?"

„Mir haben in dem Moment viel zu sehr die Zähne geklappert, um irgendeinen Ton hervorzubringen", erwiderte Silvania.

„Helene?", fragte Herr Tepes.

„Ich schwör's beim Grab meiner Mutter, ich war es nicht." Sie hob Zeige- und Mittelfinger und legte sie übereinander.

„Mich brauchst du gar nicht erst zu fragen", sagte Daka. „Ich weiß noch nicht mal, was ein *schrilles Q* ist."

Herr Tepes sah verdattert zu Ludo. „Aber dann bleibst ja nur noch du übrig, Luko."

„Ludo."

„Was?"

„Ich heiße Ludo."

„Sag ich doch. Vermutlich hattest du deinen Stimmbruch noch nicht. Ich wusste ja nicht, dass auch Jungen diesen Schrei ausstoßen können." Herr Tepes nickte Ludo anerkennend zu.

Ludo zögerte einen Moment. Wahrscheinlich wäre es am einfachsten gewesen, Herrn Tepes recht zu geben. Ludo hätte nichts weiter erklären müssen. Alle hätten ihm geglaubt, dass er diesen schrillen Ton ausgestoßen hatte. Einen Ton, den kein Mensch hervorbringen konnte. Da war sich Ludo absolut sicher.

Ludo hüstelte. Würde er jetzt nicht sprechen, würde er als ein Held gefeiert werden, der er gar nicht war. Er hatte nur getan, was ein Geist ihm gesagt hatte. Mehr nicht. Er wollte sich nicht mit fremden Federn beziehungsweise schrillen Tönen schmücken. „Ich war es auch nicht, das mit dem schrillen Schrei."

Herr Tepes stemmte die Hände in die Hüfte. „Also, jetzt reicht es aber!" Herr Tepes liebte Heldentaten. Er hasste falsche Bescheidenheit. „Irgendjemand hier hat das *Schrille Q* ausgestoßen und damit die Transgiganten vertrieben. Diese Person braucht sich nicht zu schämen. Ich will ihr danken! Außerdem besitzt derjenige, der diesen Ton ausstoßen kann, somit eine für uns sehr nützliche Eigenschaft. Zum letzten Mal: Wer war es?"

Frau Tepes zuckte mit den Schultern.

Daka, Silvania und Helene sahen einander fragend an.

Einen Moment wurde es in der Lagerhalle ganz still. Dann seufzte Ludo. „Es war ein Geist", sagte er leise.

Herr Tepes lachte. „Lumo, weißt du, was ich gerade verstanden habe? Du hast gesagt: Es war ein Geist." Herr Tepes lachte abermals.

Ludo grinste, als hätte er Eiswürfel in den Mundwinkeln. „Ja. Das stimmt. Es war ein Geist. Er hat diesen Schrei ausgestoßen. Oder ihn zumindest irgendwie hervorgebracht." So ganz klar war auch Ludo nicht, wie der Geist, der Backstein und das Fenster mit dem Schrei zusammenhingen. Vielleicht hatte das zerberstende Glas den Ton ausgelöst. Vielleicht war das Geräusch aber auch entstanden, als der Geist durch das zersplitterte Fenster nach draußen geströmt ist. Auf jeden Fall hatte der gemüsezerfetzende Schrei eingesetzt, kurz nachdem Ludo das Fenster zerschmettert hatte.

Herr Tepes lachte noch immer, als Silvania, die Ludos Geistergeschichten schon gewohnt war, fragte: „Und wieso sollte ein Geist diesen Ton ausstoßen?“

„Ja, wieso sollte uns ein Geist vor den Transgiganten retten?“, fragte Daka.

„Was war das denn überhaupt für ein Geist?“, fragte Helene.

Ludo sah alle der Reihe nach langsam an. Bei Helene verharrte sein Blick. Ludo schluckte mehrmals, bevor er genug Mut hatte und sagte: „Helene, ich muss mit dir reden. Alleine.“

Der Nebelschleier lüftet sich

Wäre Neugierde wie Luft gewesen, hätten sich Silvania und Daka aufgebläht wie zwei Ballons und wären davongeflogen. Stattdessen folgten sie ihren Eltern über das Großmarkthallengelände zum Dacia. Er stand quer auf dem Bürgersteig. Die Schwestern drehten sich immer wieder nach ihren beiden menschlichen Freunden um. Wieso wollte Ludo allein mit Helene reden? Hatte das etwas mit dem Geist zu tun, von dem Ludo gesprochen hatte?

So sehr sich Daka und Silvania auch die Hälse verrenkten, schon nach wenigen Schritten konnten sie Helene und Ludo nicht mehr sehen.

Was daran lag, dass Ludo Helene um die Lagerhalle herum und in eine abgelegene Ecke führte. Er wollte ungestört mit ihr reden. Was er ihr zu sagen hatte, würde richtig schwer werden.

Ludo setzte sich auf einen Stapel Obstkisten.

„Jetzt sag doch endlich, was los ist! Wieso musst du mit mir alleine reden? Ist es etwas Schlimmes?“, fragte Helene. Sie zog sich an den Kisten hoch und setzte sich neben Ludo.

Ludo wiegte den Kopf. „Ein bisschen schlimm vielleicht.“

Helene schluckte. „Okay. Ich bin bereit.“

Ludo rollte die Lippen nach innen, die Augen nach oben und überlegte einen Moment, wo und wie er am besten anfangen sollte. So, dass Helene nicht gleich auf dem Kistenstapel nach hinten wegklappte. Er räusperte sich. „Seit ein paar Tagen verfolgt mich ein Geist. Ich habe euch nichts davon erzählt, weil ich euch vor der Nachtwanderung zum Knochenhügel nicht beunruhigen wollte. Es ist ein ganz besonderer Geist. Er zeigt sich mir nie – also zumindest nicht in menschenähnlicher Gestalt wie die meisten anderen Geister, die ich bisher gesehen habe. Dieser Geist ist nur ein Nebelschleier. Fein, leise und eiskalt." Ludo schielte zu Helene.

Helene nickte. Ludo hatte ihnen schon oft von Geistern erzählt, die ihn besuchten. Manche wollten nur reden, andere hatten bestimmte Wünsche oder Aufträge an Ludo. Da Ludo die seltene Gabe hatte, die Geister der Toten zu sehen, fühlte er sich verpflichtet, ihnen zu helfen.

Ludo fuhr fort: „Ich spürte immer genau, wann er da war. Auf einmal wurde es eiskalt, dann kam der Nebel angekrochen. Meistens legte der Geist sich um meine Schultern oder um meinen Hals. Angenehm war das nicht gerade. Zuerst redete der Geist nie mit mir. Ich dachte, vielleicht ist er stumm oder spricht eine seltene Sprache. Aber er musste auch gar nichts sagen. Ich spürte auch so, dass er etwas von mir wollte. Ich verstand lange nicht, was es war – ob er mir drohen wollte oder mir Angst machen. Dann wurde mir klar, dass er mich um Hilfe bat."

„Und wobei solltest du ihm helfen?" Helene genoss die Gänsehaut, die sich auf ihren Armen ausbreitete. Sie liebte unheimliche Geschichten. Vor allem, wenn man sie in der Morgendämmerung auf einem Stapel Obstkisten auf dem Großmarkthallengelände erzählt bekam. Trotzdem hoffte sie, dass die Geschichte nicht *zu* unheimlich wurde und vor allem, dass sie ein glückliches Ende nahm. Das waren die besten Geschichten.

Ludo sah kurz zu Helene. „Der Geist wollte, dass ich dich beschütze. Dass ich auf dich aufpasse. Dass ich dich vor den Transgiganten rette."

„MICH?"

Ludo sah nach unten und nickte.

„Aber ... aber ... aber wieso denn?" Helene kniff sich gleichzeitig in den Arm und biss sich auf die Unterlippe.

Ludo kratzte sich hinter dem Ohr. „Wie das alles so ganz genau funktioniert hat, weiß ich auch nicht. Aber der Geist hat gewusst, dass es die Transgiganten auf dich abgesehen haben. Auf dem Knochenhügel, als die Riesenfledermäuse dich greifen wollten, hat er mich auf dich geschubst, damit die Riesenfledermäuse dich nicht entführten."

„Der Geist hat dich geschubst? Ich denke, er wollte deine Hilfe?" Helene sah Ludo mit großen Augen an.

„Na ja, ist bestimmt nur aus Versehen passiert. Der Geist war einfach verzweifelt. Es hat ihm dann ja auch leidgetan. Deswegen hat er mich vorhin aus dem Kühlraum befreit und uns alle gerettet."

„ER hat uns gerettet? Du meinst, der Geist hat das *Schrille Q* ausgestoßen?"

„Kann man so sagen." Ludo runzelte die Stirn, als

er sich an die Situation in der Lagerhalle erinnerte. „Er hat so seltsam mit mir geredet und gesagt, ich soll das Fenster einschlagen. Ich nehme an, dann ist er nach draußen und hat dabei diesen furchtbaren Ton gemacht."

Obwohl Helene unentwegt nickte, konnte sie Ludo kaum folgen. Ein Geist wollte sie vor den Transgiganten beschützen? Er hatte Ludo geschubst? Und war dann in die Lagerhalle gekommen, hatte Ludo gesagt, er solle ein Fenster einschlagen und hat dadurch diesen schrillen Ton erzeugt? Alles, um sie zu retten? Helene hörte auf einmal auf zu nicken und wandte den Kopf langsam zu Ludo. Sie sah ihn mit großen bangen Augen an. „Ludo?"

„Ja?"

„Was ist das für ein Geist?"

Ludo hatte befürchtet, dass Helene diese Frage früher oder später stellen würde. Er rutschte ein Stückchen näher an sie heran. Einen Moment lang überlegte er, ob er ihre Hand nehmen sollte. Aber vielleicht würde das alles nur noch schlimmer und dramatischer machen. Lieber sah er Helene fest in die Augen und sagte ganz leise: „Ich glaube, der Geist, der mich die ganzen letzten Tage verfolgt hat, der mit uns auf dem Knochenhügel war und der mich aus dem Kühlraum befreit hat, ich glaube, dieser Geist, der dich unbedingt beschützen will, er … er … also, er …"

„Ja?"

„Dieser Geist steht dir sehr nahe."

„Wie nahe?"

„Ganz doll nahe." Jetzt legte Ludo doch seine Hand auf die von Helene. Das war auch gut so, denn Helenes Hand zitterte bereits.

„Und das bedeutet?" Helenes Stimme klang wie ein schiefes Mundharmonikaquietschen.

„Dieser Geist würde alles für dich tun." Ludo holte tief Luft. „Ich glaube, dass es der Geist von deiner Mama war."

Einen Moment wurde es ganz ruhig. Nur Helenes Atem war zu hören. Schnell und laut, als würde er sich gleich überschlagen.

„Also, ganz genau weiß ich es nicht", fuhr Ludo leise fort. „Ich habe den Geist ja nie richtig gesehen, immer nur den Nebel. Aber was der Geist zu mir gesagt hat, wie er sich benommen hat und seine ganze Art ... Ich bin mir schon ziemlich sicher." Ludo schielte zu Helene.

Sie starrte geradeaus. Ihre Augen waren verschwommen. Ihr Kinn zitterte.

Ludo rutschte noch etwas näher an Helene heran und legte den Arm um sie. Auf einmal kam ihm Helene viel kleiner vor, als sie ihm immer erschienen war. Ludo war gar nicht aufgefallen, dass Helene nie von ihrer Mama sprach. Er wusste, dass ihr Papa Zahnarzt war. Er wusste, dass Helene Horrorfilme, Fußball und Spinnen mochte. Er wusste, dass sie ein Hörgerät hatte, sich gerne die Arme bemalte und zu jeder Tageszeit fünf Portionen Pommes mit Majo und Ketchup verdrücken konnte. Aber über Helenes Mama wusste er nichts.

„Was ist eigentlich mit deiner Mama passiert?",

fragte er vorsichtig. „Ich meine, du musst es mir nicht erzählen. Aber jetzt, wo ich sie kennengelernt habe …“

Helene schniefte und wischte sich mit dem Handrücken die Tränen von den Wangen. „Das ist schon lange her. Ich war damals drei Jahre alt. Ich kann mich selbst an gar nichts erinnern. Mein Papa hat mir alles irgendwann erklärt.“ Helenes Stimme klang wie durch eine Luftpumpe gepresst. „Mama und ich sind mit dem Auto gefahren. Im Winter. Es gab Glatteis. Und dann stand plötzlich ein Lastwagen quer auf der Straße vor uns. Mama hat gebremst, der Wagen ist von der Straße geschlittert. Vor einen Baum. Die Ärzte konnten Mama nicht mehr retten. Ich hätte damals beinahe mein Gehör verloren. Deswegen trage ich dieses Hörgerät.“ Helene atmete aus und durch ihren Körper ging ein kleines Erdbeben. „Es erinnert mich immer daran, dass ich an dem Tag viel mehr verloren habe als nur meinen normalen Gehörsinn.“

Ein paar Sekunden lang hielt Ludo Helene einfach nur fest. Ganz doll. In dem Moment wünschte er sich, er könne nicht nur mit Geistern reden, sondern sie auch wieder in lebendige Menschen verwandeln.

Helene schniefte.

Ludo zwängte die Hand in die Hosentasche und suchte nach einem Taschentuch. Er zog das Erstbeste heraus, was er zwischen die Finger bekam, und hielt es Helene hin. Es war ein zerknittertes Salatblatt.

Helene nahm das Salatblatt, ohne hinzusehen, und schnaubte hinein. „Wie ist meine Mama? Als Geist, meine ich."

Ludo überlegte. „Am Anfang fand ich sie etwas unheimlich. Aber das geht mir bei allen Geistern so. Auf jeden Fall ist deine Mama anders als alle anderen Geister, die ich bisher erlebt habe. Sie ist ... na ja, so nebulös, nicht zu fassen, und auch sehr sanft."

„Es sei denn, sie schubst dich."

„Ja, das war etwas unsanft. Trotzdem ist sie ein netter Geist. Sie hat mich im Kühlraum in den Schlaf gewiegt und mit Spinatblättern zugedeckt. Und dass sie mich auf dich geschubst hat, zeigt ja nur, wie sehr sie dich liebt und dich beschützen will."

„Du meinst, sie passt immer noch auf mich auf?" Helenes Augen füllten sich mit Tränen.

Ludo nickte.

„Aber wieso ist sie nicht gleich zu mir gekommen, sondern zu dir?"

„Vielleicht wollte sie dich nicht verschrecken. Oder dir wehtun. Mit all den Erinnerungen, verstehst du? Vielleicht kannst du sie aber auch gar nicht wahrnehmen wie ich. Du weißt doch, ich habe diese Gabe."

„Meinst du, sie ist jetzt noch hier?" Helene schielte nach links und nach rechts.

Ludo schüttelte den Kopf. „Das würde ich merken. Seit dem *Schrillen Q* ist sie verschwunden."

„Kann ich ihren Geist irgendwo finden? Also, auch ohne die Gabe, die du hast?"

Ludo dachte lange nach. Schließlich antwortete er: „Wenn du in der Morgendämmerung auf eine einsame Waldwiese gehst und an den Tautropfen auf den Blättern riechst, kannst du ihren Geist … na ja, einatmen sozusagen."

Helene stellte sich eine Waldwiese vor. Darauf sah sie ihre Mutter. Sie war kein Geist, kein Nebel, sondern sah so aus, wie Helene sie von den Fotos kannte. Sie war jung und fröhlich. Ihre Augen blitzten blau und frech. Genau wie Helenes Augen. „Ich glaube, ich muss den Nebelgeist gar nicht suchen. Meine Mama ist sowieso immer bei mir. Sie ist hier drin. Überall." Helene legte sich die flache Hand auf den Oberkörper.

Ludo nickte. Er war froh, dass Helenes Augen wieder glänzten. Nicht mehr vor Tränen.

Helene rutschte von dem Kistenstapel. Ihre Beine waren noch ganz weich. Nach dieser Geistergeschichte würden sie es auch noch eine ganze Weile bleiben. „Gehen wir zu den anderen", sagte Helene. Ihre Stimme klang noch immer belegt. „Daka und Silvania flopsen vor Neugierde bestimmt schon im Kreis."

„Du willst es ihnen erzählen?"

Helene zuckte die Schultern. „Vielleicht nicht jetzt gleich. Aber irgendwann schon."

Ludo nickte. Er ließ sich von Helene vom Stapel ziehen und gemeinsam gingen sie über das Großmarkthallengelände Richtung Ausgang.

Kinder sind grausam

Dirk van Kombast stöhnte. Er hatte sein Bestes gegeben. Er war gekrochen. Gerobbt. Gekrabbelt. Dennoch hatte er es nur bis zur Einfahrt der nächsten Lagerhalle gebracht. Bei dem Versuch, sich aufzurichten, war ihm sein Handy aus der Jackentasche gefallen. Wie ein Puck auf dem Eis war es über den glatten Betonboden geschlittert und erst ein paar Schritte entfernt zum Liegen gekommen.

Jetzt lag es genauso reglos da wie der Vampirjäger selbst. Er fühlte sich nicht nur erbärmlich. Er sah auch so aus. Seine Haare waren voller Maiskörner, Bohnenfetzen und Glassplitter. Auf seinem rosafarbenen Hemd klebte eine zermatschte Tomate. Sein Gesicht war von Schmutz und Gemüsebrei verschmiert. Noch nicht einmal sein Gips war nach der Obst- und Gemüsexplosion in der Lagerhalle weiß geblieben.

Dirk van Kombast fragte sich, was er tun sollte. Warten, bis ihn jemand fand? Oder alle Kraft zusammennehmen und versuchen, zu seinem Auto zu robben? Oder zumindest zu seinem Handy? Doch schon allein bei dem Gedanken daran verzog er schmerzerfüllt das Gesicht.

So war es, das Leben eines Vampirjägers: gefährlich, gesundheitsschädigend, voller Entbehrungen und Gemüsepampe.

Auf einmal hörte Dirk van Kombast Schritte. Waren das bereits die ersten Händler? Kurz darauf sah er zwei Gestalten aus einer Ecke hinter der Lagerhalle kommen. Der Vampirjäger holte tief Luft, dann rief er so laut er konnte: „HILFE!“

Die Gestalten sahen sich um, entdeckten ihn und liefen auf ihn zu. Kurz vor Dirk van Kombast blieben sie stehen. „SIE?“, fragten sie wie aus einem Mund.

Dirk van Kombast versuchte zu lächeln. Es sah aus, als hätte ihm jemand eine Banane quer in den Mund geschoben. Da standen sie also direkt vor ihm: Helene Steinbrück und dieser Junge, den alle Luder nannten. „Hallo, Helene. Und hallo du, ähm, Luder.“

Der Junge runzelte die Stirn. Er sah Helene fragend an.

Helene zuckte mit den Schultern.

Dirk van Kombast hatte gegen Kinder fast eine genauso große Abneigung wie Vampire gegen Knoblauch. Sie waren laut, unberechenbar und hatten klebrige Hände. Normalerweise machte er einen großen Bogen um sie. Er sprach nur im Notfall mit ihnen. So wie jetzt. „Gut, dass ihr vorbeikommt. Ich bin, wie ihr seht, in einer etwas misslichen Lage. Wäret ihr so freundlich, mir aufzuhelfen?“

Die Kinder zögerten.

Dirk van Kombast sah sie flehend an. Hatten sie ihn nicht verstanden? Sah er so furchterregnd aus? „Kommt schon, ihr könnt mich doch hier nicht so liegen lassen.“

Das Luder seufzte, zuckte mit den Schultern und trat neben den Vampirjäger. Helene ging widerwillig auf die andere Seite. „Na gut. Aber nur, weil Sie verletzt sind."

Der Junge packte den Vampirjäger am rechten Arm, Helene packte ihn am linken. Dann zählte sie: „Eins, zwei, drei!"

Die Kinder versuchten Dirk van Kombast vom Boden hochzuziehen. Sie bekamen einen roten Kopf. Der Junge blies die Backen auf. Helene schnaufte.

So schwer, fand der Vampirjäger, war er nun auch nicht. Wahrscheinlich musste man die Kinder ordentlich anfeuern. War es nicht so, dass Kinder ständig Belohnung, Lob und Lutscher brauchten? „Kommt schon, ihr seid doch zu zweit. Strengt euch an! So schwer kann das gar nicht sein. Der Transgigant hat mich ganz alleine mit dem kleinen Finger auf seinen Rücken geworfen. Da werdet ihr es wohl zu zweit schaffen!"

RUMMS!

Bevor Dirk van Kombast wusste, wie ihm geschah, saß er wieder auf dem Beton. Sein Hinterteil brummte. Über seinen Rücken zog sich ein Schmerz. Dirk van Kombast atmete in den Bauch und begann bis 100 zu zählen.

Er merkte gar nicht, wie ihn die Kinder anstarrten.

„Welcher Transgigant?", fragte Helene.

„Habe ich Transgigant gesagt?" Dirk van Kombast verzog das Gesicht und rieb sich sein Hinterteil. „Ich meinte ... Trans... Trans... Transporteur.

Der Transporteur der transsibirischen Eisenbahn." Die beiden Kinder traten einen Schritt zurück, verschränkten die Arme und zogen die Augenbrauen hoch.

„Blödsinn", sagte Helene.

„Was haben Sie mit den Trangiganten zu tun?", fragte das Luder.

„Gar nichts. Ich weiß nicht, wovon ihr redet. Transgiganten – noch nie davon gehört." Dirk van Kombast wedelte mit den Händen, als könne er so die dicke Lüge vertreiben.

„Wieso sind Sie eigentlich nicht mehr in Rumänien im Gefängnis?", fragte Helene.

„Ich war mit der Unterbringung nicht zufrieden und bin vorzeitig abgereist", erwiderte Dirk van Kombast. Kinder waren auch furchtbar neugierig.

„Und was haben Sie hier am frühen Morgen zu suchen?", fragte der Junge.

Und Kinder ließen nie locker. „Ich … äh … wollte eine Nachtwanderung machen."

„Zur Großmarkthalle?", fragte der Junge.

„Mit einem Gipsbein?", fragte Helene.

„Ich liebe nun mal ungewöhnliche Orte und sportliche Herausforderungen." Dirk van Kombast hatte wieder sein Pharmavertreterlächeln aufgelegt. Er war froh, dass das Thema Transgiganten vom Tisch war. Wieso war es ihm überhaupt herausgerutscht? Das war ein grober, unverzeihlicher Fehler gewesen. Da sah man es wieder – die Vampire raubten ihm alle Kräfte und womöglich noch den Verstand. Doch so weit würde er es nicht kommen lassen.

„Na, wenn das so ist, brauchen Sie unsere Hilfe ja nicht", sagte Helene.

Dirk van Kombast sah Helene entsetzt an. „Ihr wollt mich einfach so liegen lassen?" Kinder konnten auch sehr grausam sein.

„Sie kommen schon zurecht", meinte Helene. „Bis jetzt sind Sie doch auch alleine überall hingekommen. Nach Transsilvanien, ins rumänische Gefängnis und wieder raus und hierher zu den Großmarkthallen. Und wissen Sie was?"

Dirk van Kombast schüttelte den Kopf.

„Sie können froh sein, dass ich Herrn Tepes nicht Bescheid sage, dass wir bluthaltiges Fallobst gefunden haben. Der hat nämlich gerade ziemlich großen Frühstückshunger."

Dirk van Kombast riss die Augen auf. Und den Mund. Aber es kam kein Ton heraus. Er sah, wie Helene zum Handy ging, es aufhob und neben ihn auf den Boden legte.

„Rufen Sie einen Freund an. Oder einen Transgiganten. Der kann Ihnen helfen. Wir nicht", sagte sie und drehte sich mit wehenden Haaren um.

Der Junge, der das Luder genannt wurde, warf einen letzten Blick auf den Vampirjäger, zuckte mit den Schultern und folgte Helene, die auf den Ausgang zulief.

Dirk van Kombast starrte auf das Handy. Darin waren die Nummer von seinen fünf Anwälten, von Dr. Bohne, von seinem Finanzberater, von seiner Steuerberaterin, von seinem Friseur, seinem Solarium, seiner Yogalehrerin, dem ADAC und von der psychiatrischen Anstalt gespeichert, in der seine Mutter untergebracht war.

Rufen Sie einen Freund an. Dirk van Kombast hatte keine Freunde. Und hätte er die Telefonnummer von Urio Transgoliato gehabt, hätte er ihn ganz sicher nicht angerufen.

Hoch lebe die Wackelqualle!

Alle hatten sich um den großen Wohnzimmertisch der Familie Tepes versammelt: Elvira Tepes, Daka, Silvania, Helene und Ludo. Sie sahen gespannt zur Küchentür, aus der erst ein Klappern, dann ein „Fumpfs!“ und schließlich Schritte zu hören waren.

Mihai Tepes rauschte wie der Oberkellner eines Wiener Kaffeehauses mit wehenden Haaren ins Wohnzimmer. Den einen Arm hielt er angewinkelt hinter dem Rücken, mit dem anderen balancierte er ein silbernes Tablett, auf das ein ganzes Schwein gepasst hätte. Doch auf dem Tablett lag kein Schwein. Zum Glück, fand Frau Tepes.

Was genau auf dem Tablett lag, war allerdings schwer zu sagen.

Mihai Tepes stellte das Tablett schwungvoll mitten auf dem Tisch ab. „Zensatoi futzi!“, rief er. „Frisch aus der Küche. Zauberhaft zubereitet von den flinken Händen des begnadeten Fünfminutenkochs Mihai Sanguro Furio Tepes. Eine Köstlichkeit, eine Einzigartigkeit, ein Hochgenuss!“

Frau Tepes, Helene, Ludo, Daka und Silvania beugten sich nach vorne. Sie musterten das angeblich essbare Etwas auf dem Tablett. Es war ein großer schwarzer, wabbeliger Haufen. Eine Hälfte war bläulich schwarz, die andere violett-schwarz.

Ludo rümpfte die Nase.

Helene, die sonst alles aß, was in ihrer Reichweite war und nicht weglaufen konnte, ließ langsam die Gabel sinken.

Silvania warf ihrer Mutter einen fragenden Blick zu.

Diese zuckte die Schultern.

Daka überlegte, ob sie ihre Notration Schweineborsten aus dem Zimmer holen sollte.

Mihai Tepes hatte den halben Tag in der Küche gearbeitet. Die Tür musste dabei verschlossen bleiben. Den Geräuschen nach zu urteilen, die aus der Küche drangen, hatte er am Ende sämtliche Töpfe, Schüsseln und Rührgeräte benutzt. Jetzt sah er voller Stolz auf das Ergebnis seiner Arbeit. „Ich kann verstehen, dass sich keiner traut, so ein kulinarisches Kunstwerk anzuschneiden. Aber nur zu, lasst es euch schmecken!"

Noch immer rührte sich keiner.

„Mihai", begann Elvira zögerlich. „Was ist das?"

„Das sieht man doch mit zwei Knoblauchzehen auf den Augen. Das ist eine Wackelqualle."

„Eine Wackelqualle?" Daka riss die Augen auf. Ihr Papa hatte recht. Das Gebilde auf dem Tablett ähnelte wirklich einer Qualle. Einer etwas breitgelaufenen, gestrandeten Qualle.

„Eine Wackelqualle ... das ist ... sehr originell." Silvania sah mit gerunzelter Stirn auf den Pudding.

„Ihr hattet doch beim Mitternachtspicknick eine Wackelspinne dabei. Und konntet sie nicht essen, weil ihr sie als Munition gegen die Flatliac Kolossos einsetzen musstet", erinnerte Herr Tepes die Kinder. „Und da dachte ich mir, dann bekommt ihr eben heute euren Wackelpudding." Herr Tepes zupfte sich am Kinn. „Ehrlich gesagt, sollte es eine Spinne werden. Komischerweise ist sie in die Breite gelaufen. Wie eine Qualle. Aber eine Qualle ist viel passender, um unsere Rettung durch das *Schrille Q* zu feiern."

Elvira Tepes strich ihrem Mann über den Arm. Er hatte wirklich immer wunderbare Einfälle.

Herr Tepes hob ein Messer. „Also, wer will was? Die blau-schwarze Hälfte hier ist mit Blaubeeren und Lakritz, für Nichtflieger sozusagen. Die violett-schwarze Hälfte ist mit Seetang, Schwarzdatteln und einem Schuss Blut. Etwas Herzhaftes für Vollblutflieger."

„Nichtflieger", riefen Helene und Ludo gleichzeitig und hielten Herrn Tepes den Teller hin.

Frau Tepes ließ sich ebenfalls einen Happen für Nichtflieger geben.

Silvania nahm von jeder Quallenhälfte ein Stück.

Daka nahm eine extragroße Portion für Vollblutflieger. Genau wie Herr Tepes.

Einen Moment war im Wohnzimmer nur Schmatzen, Gabelklappern und Schlürfen zu hören. Die Wackelqualle schmeckte besser, als ihr Name und die Zutaten vermuten ließen. Herr Tepes sah zufrieden, wie sich die Teller leerten. Er konnte eben nicht nur hervorragend fliegen, flopsen und beißen, sondern auch einen köstlichen Pudding zaubern. *Das* zeichnete den wahren Gentlevampir aus.

Frau Tepes deutete mit der Gabel auf die violett-schwarze Quallenhälfte, die laut Koch mit einem Schuss Blut verfeinert war. „Habt ihr euren Laborkühlschrank im Institut so schnell wieder aufgefüllt, dass du etwas abzwacken konntest?"

Herr Tepes nickte. „Prof. Dr. Dr. h. c. Dobelhammer hat sich erstaunlich schnell wieder abgeregt, nachdem er vom Diebstahl der Blutproben erfahren hat. Eigentlich schade. Er wirkt sehr vampirisch, wenn er wütend ist." Mihai Tepes sah einen Moment nachdenklich vor sich hin, dann spießte er mit der Gabel ein wabbeliges Puddingstück auf und fuhr fort: „Prof. Dr. Dr. h. c. Dobelhammer hat angeordnet, dass der Kühlschrank ordentlich gereinigt und dann schnellstens wieder gefüllt wird."

„Und die Polizei? Hat die was herausgefunden?", fragte Daka.

„Nur, dass sie vor einem Rätsel steht. Es gibt mehrere Theorien – die Inspektorin meinte, es könnte ein Tier gewesen sein, weiß aber nicht, welches. Oder es war nur ein lustiger Streich – keiner weiß allerdings, was daran lustig sein soll. Dann gibt es noch die Theorie, dass sich in einer der Blutproben ein neuer Krankheitserreger befand, der als biologische Waffe eingesetzt werden sollte, und dass das FBI, die CIA und der BND gemeinsam an den Blutproben interessiert sind. Bis jetzt haben alle diese Theorien in eine Sackgasse geführt. Und solange sie Vampol nicht einschalten, werden sie da auch nicht rauskommen." Herr Tepes leckte genüsslich die Gabel ab.

Helene schmeckte die blau-schwarze Wackelqualle zwar sehr gut, dennoch rumorte es in ihrem Magen. Was dort für Unruhe sorgte, war eine Frage. Sie brach aus ihr heraus, kaum dass sie aufgegessen hatte. „Und die Transgiganten kommen wirklich nicht zurück?“

Herr Tepes schüttelte entschieden den Kopf. „Auf James Bat ist Verlass. Wenn er meldet, dass die Transgiganten in ihre Gletschergruft zurückgekehrt sind, dann sind sie es auch. Laut seinem Bericht haben sie erst einmal genug von jeglichen Ausflügen. Sie glauben, dass ihre Warnung an uns, beziehungsweise an Helene, deutlich genug war. Außerdem müssen sie sich von den Schmerzen, die ihnen das *Schrille Q* bereitet hat, erholen. Das kann Monate dauern.“

James Bat war eine Aufklärungsfledermaus. Sie war in Transsilvanien zum Top-Agenten geschult worden. Aufklärungsflüge in die entlegensten Regionen, genaues Beobachten und umgehende Berichterstattung waren James Bats Spezialgebiet.

Nach dem zwar glimpflich ausgegangenen, aber dennoch grausamen Morgen in der Lagerhalle hatte Mihai Tepes sofort bei seinem Bruder Vlad in Bistrien angerufen und darum gebeten, James Bat auf Urio Transgoliato und seine bissigen Flugbegleiter anzusetzen.

James Bat hatte noch einen Blutcocktail auf Ex getrunken, sich eine Fliegerhaube aufgesetzt und war losgeflogen. Immer der Nase und den Ohren nach. Er hatte Urio Transgoliato und seine Transgiganten bald aufgespürt. Durch die dunkelblauen Wolken, die sie alle paar Minuten ausstießen, und durch den Geruch der gelb-grünlichen Wolken, die die Flatliac Kolossos ausstießen, war das nicht schwer.

„Aber wenn sie sich erholt haben, was dann?", fragte Silvania, die sich einen kleinen violett-schwarzen Nachschlag für Nichtflieger genehmigte. Bei dem Gedanken an die Rückkehr der Transgiganten verging ihr der Appetit allerdings mit einem Flügelschlag. „Immerhin kann es sein, dass unser Nachbar mit ihnen unter einer Decke steckt."

„Macht euch keine Sorgen. Die Transgiganten würden sich nie mit einem Menschen verbünden. Und außerdem haben sie jetzt mächtig Angst vor uns. Beziehungsweise vor dem *Schrillen Q*", erwiderte Herr Tepes. „Sie glauben, dass Elvira oder ein anderer von uns diesen seltenen, mächtigen Ton ausgestoßen hat."

„Zensatoi futzi! Die Transgiganten glauben, wir haben die ultimative Waffe", sagte Daka. Daraufhin steckte sie sich ein großes Stück Wackelqualle in den Mund.

„Ganz genau. Ich denke, so schnell sehen wir die Transgiganten nicht wieder", sagte Herr Tepes. „Oder was meinst du, Flupo? Siehst du etwas?"

Ludo, der den Mund gerade voller Quallenwackelpudding hatte, schielte nach links und nach rechts. Er schluckte den Pudding hinunter und schüttelte den Kopf. „Ich sehe gerade gar nichts."

„Ein gutes Zeichen", fand Herr Tepes. „Darauf sollten wir anstoßen." Er stellte seinen Teller ab und ging in die Küche, um zwei Gläser und eine Flasche Karpovka zu holen.

Helene zupfte Silvania an ihrem weit ausgestellten Ärmel und flüsterte: „Das ist das Aus für meine Beziehung mit Murdo, oder?“ Bei dem Gedanken brannte Helenes Herz, als wäre es in die Fänge einer Feuerqualle geraten.

Silvania überlegte eine ganze Weile, bevor sie ihrer Freundin antwortete. Am liebsten hätte sie ihr gesagt, dass sie sich keine Sorgen machen musste. Dass alles gut enden würde. Doch das konnte sie nicht. Denn danach sah es einfach nicht aus. Aber sie wollte ihr auch nicht sagen, dass sie sich Murdo aus dem Kopf schlagen musste. Silvania wusste, dass Helene das gar nicht konnte. Sie räusperte sich und sagte leise: „Also, was ich bisher in meinen Büchern gelesen habe – da muss die Liebe immer Hindernisse überwinden. Wenn die Liebe stark genug ist, ist alles möglich.“ Allerdings, fiel Silvania dabei auf, war sie mit ihrem Englisch-Nachhilfelehrer Jacob auch noch nicht sehr weit gekommen, obwohl es kaum Hindernisse gab. Höchstens das *th*. War ihre Liebe etwa nicht stark genug?

Herr Tepes, der mit den Gläsern und der Flasche aus der Küche zurückkehrte, riss seine erstgeborene Tochter aus den Gedanken. Er goss sich und seiner Frau ein Schlückchen Karpovka ein. Daka, Helene, Silvania und Ludo bekamen Stachelbeersaft. Ohne Stacheln. Dann erhob er feierlich das Glas. „Auf das *Schrille Q*, auf den guten Geist, der es ausgestoßen hat, auf uns alle – Schnappobyx!“

„Schnappobyx!“, riefen die anderen im Chor.

Sie tranken, lachten, erzählten, und es dauerte nicht lange und Mihai Tepes stimmte sein Lieblingslied an: *Transsilvania, rodna inima moi*. Das Lied über die transsilvanische Heimat hallte durch das ganze Haus, aus dem Fenster hinaus und bis in die Nachbarschaft. Es drang bis an das Ohr des guten Geistes, der das *Schrille Q* ausgestoßen hatte. Der gute Geist saß auf einer brombeerfarbenen Couch und hatte ein Gipsbein. Er ahnte, dass die Feier bei den Tepes noch sehr lange dauern würde – vollkommen zu Recht.

Wörterbuch

Vampwanisch	Deutsch
aij!	Autsch!
azdio!	Tschüss!
azfugli	Abflug
Biblionyk	Bibliothek
boibine; boi	super, toll, schön
Boi fugli!	Guten Flug!
Boi motra!	Guten Morgen!
Boi noap!	Gute Nacht!
Boi searo!	Guten Abend!
Boi venti!	Herzlich willkommen!
bosch	schlagen, hauen
Budnyk	tropfsteinähnliche Wohnung der Vampire
Budnyk gurond	Budnyk, der im Boden verankert ist
Budnyk kapoi	Budnyk, der in der Decke verankert ist
datiboi	danke
Dinmid	Mischung aus Dinner und Mitternachtsessen
do	in
doi	im

Flatliac	Fledermaus
Fugli	Flug
fuglu	fliegen (ich fliege)
Fumpfs	Mist, Kacke
Gazetoi	Zeitung
gdo	wo
Gumox	Quatsch
Gurond	Erde, Boden, unten
Hirobyx	Zecke
hoi boi	alles paletti
Hospitalnyk	Krankenhaus
Hugla	Hügel
Inima/Inimo	Herz
je	ich
jobjei	ihr
jobju	du
Kapoi	Decke, Kopf
kolossos	riesengroß, gigantisch
Krawalleri	Attacke, Angriff
Krötz jobju suchoi murja!	Mögest du zu Staub verfallen!
lenoi	faul
Lenoi mutza flatliac.	Den Faulen beißt die Fledermaus.

Melo	Melone
Memu	Mahlzeit, Essen
Mobilnoi	Handy
moi	mein, meine, meines, meiner
Motra	Morgen
Murja	Staub
mutz	beißen

nici	nie
nici doi viati	nie im Leben
nicimo	nichts

oista	sein, ist
onu, zoi, trosch	eins, zwei, drei

Pompfe!	Hilfe!
Proba	Versuch
Porci	Kaninchen
Porci-proba	Versuchskaninchen
Porci-klaperski	Zitterkaninchen, Angsthase
pumflex	verdammt, verflucht

rapedadi	schnell, sofort
rapedosch	kräftig und schnell
rapedosch bosch	kräftig und schnell schlagen
Rodna	Heimat
Rodnyk	Rathaus

Saikato	transsilvanischer Tanz
Schlotz zoppo!	Ach, du meine Güte/ Ach, du Schreck!

Schnappobyx!	Prost!
Schnappobyx memu!	Prost Mahlzeit!
Searo	Abend
Skyzati	Entschuldigung
Sterpel	Knochen
subkrupt	kaputtgehen
subkrupt da hirobyx	vor die Zecke gehen
suchoi	verfallen
sushpektoi	seltsam, komisch
Szef	Chef
Theatnyk	Theater
Transsilvania rodna inima moi	Transsilvanien, Heimat meines Herzens
treptoi	gehen, stapfen, trabsen
tschemu	wieso, warum
Viati	Leben
Vladder	Lebensweisheit von Onkel Vlad
zensatoi futzi!	supermegawahnsinns-enormsensationell-verblüffendausgezeichnet!
znicnak	verschwunden, weg

Franziska Gehm wurde 1974 in Sondershausen geboren. In Jena, Limerick und Sunderland studierte sie Anglistik, Psychologie und Interkulturelle Wirtschaftskommunikation. Nach dem Studium unterrichtete sie an einem Gymnasium in Dänemark, arbeitete bei einem Wiener Radiosender und als Kinderbuchlektorin. Sie lebt als Autorin und Übersetzerin in München.

Die Vampirschwestern

Band 1

Eine Freundin muss her und zwar sofort. Sonst machen sich Daka und Silvania sofort wieder zurück auf den Weg nach Transsilvanien. Dort kann man wenigstens ungestört durch die Gegend fliegen und nachts in die Schule gehen! Ganz anders in ihrer neuen Heimat Deutschland – hier lauern an jeder Ecke Gefahren. Wie fährt man bitte schön Rolltreppe? Und wie bringt man eine Straßenbahn zum Anhalten? Auch der erste Schultag wird zur reinsten Katastrophe, doch mit Helene ist Rettung in Sicht – und vielleicht auch die erste beste Freundin …

Band 2

Onu, zoi, trosch – und los geht's! Daka und Silvania nehmen ihre Freundin Helene mit auf einen waghalsigen Ausflug über die Stadt. Leider endet dieser in einer katastrophalen Bruchlandung, die für jede Menge Ärger sorgt. Doch damit nicht genug, denn für die Schule müssen die Zwillinge über eine Ausstellung im Kunstmuseum schreiben. Langweilig? Keineswegs, denn die beiden werden unfreiwillig Zeugen eines Überfalls. Jetzt sind ihre vampirischen Fähigkeiten gefragt, um das Schlimmste zu verhindern …

Weitere Abenteuer im Anflug

Band 3

Vampire in Gefahr! In Transsilvanien ist die mysteriöse Infludenta ausgebrochen, die binnen kürzester Zeit die spitzen Eckzähne der Vampire schrumpfen lässt. Abhilfe kann nur der Saft jener seltenen Pflanze schaffen, die auf dem Grab eines mächtigen Vampirjägers wächst. Keine Frage – Daka und Silvania starten sofort zum Rettungsflug. Allerdings gibt es eine Bedingung: ZuSilvanias erster Verabredung müssen sie unbedingt wieder zu Hause sein …

Ein richtiger Vollblutvampir zu sein, wäre super, findet Daka. In einer ganz normalen Stadt ein ganz normaler Mensch zu sein, wäre tausendmal besser, findet Silvania. Wie so oft, geraten sich die beiden halbvampirischen Zwillinge darüber ordentlich in die Haare. Doch als dann ausgerechnet Daka Flugangst und Heißhunger auf Knoblauchbaguette bekommt und Silvanias Eckzähne immer länger werden und sie sich nachts über Opas Blutwurstplatte hermacht, kriegen es die Schwestern mit der Angst zu tun. Ob der mysteriöse Wünscheerfüller Ali Bin Schick hinter der seltsamen Verwandlung der beiden steckt?

Band 4

Band 5

Endlich Ferien! Die Vampirschwestern Daka und Silvania können es kaum erwarten, in ihre Heimatstadt Bistrien zu fliegen, um alle Vewandten und Freunde zu besuchen. Und das Allertollste: Ihre Freundin Helene darf auch mit. Womit allerdings keiner gerechnet hat – Helene verliebt sich Hals über Kopf. Und zwar nicht in einen normalen Jungen, sondern in einen Vampir. Und noch dazu in einen der ganz besonders bissigen Sorte. Ob da die Extraportion Knoblauch überhaupt noch hilft?